Luciérnagas

Seix Barral

Gioconda Belli

Luciérnagas

Un libro de ensayos sobre los ensayos del vivir

Obra editada en colaboración con Grupo Planeta – Argentina

Bajo el sello editorial SEIX BARRAL M.R.
Avenida Presidente Masarik núm. 111,
Piso 2, Polanco V Sección, Miguel Hidalgo
C.P. 11560, Ciudad de México
www.planetadelibros.com.mx

Primera edición impresa en Argentina: octubre de 2022
ISBN: 978-987-8319-51-3

Primera edición impresa en México: noviembre de 2022
ISBN: 978-607-07-9579-4

Impreso en los talleres de Impresora Tauro, S.A. de C.V.
Av. Año de Juárez 343, colonia Granjas San Antonio, Ciudad de México
Impreso en México – *Printed in Mexico*

Uno no escoge

Uno no escoge el país donde nace,
pero ama el país donde ha nacido.

Uno no escoge el tiempo para venir al mundo,
pero debe dejar huella de su tiempo.

Nadie puede evadir su responsabilidad.

Nadie puede taparse los ojos, los oídos,
enmudecer y cortarse las manos.

Todos tenemos un deber de amor que cumplir,
una historia que hacer,
una meta que alcanzar.

No escogimos el momento para venir al mundo.
Ahora podemos hacer el mundo
en que nacerá y crecerá
la semilla que trajimos con nosotros.

Soy la mujer que piensa
algún día mis ojos encenderán luciérnagas.

Introducción

La vida es un ensayo constante. Cada día somos ligeramente distintos. Cada día lo que hacemos o dejamos de hacer nos suscita pensamientos que varían según nuestro estado de ánimo, según haga sol o llueva, según haga calor o frío. La invención y reinvención de nosotros mismos sucede cotidianamente, aun cuando ese movimiento fluido de la vida nos sea tan familiar que su ocurrencia resulte imperceptible. Para aquellos de nosotros que hemos escogido el oficio de escribir, anotar nuestras ideas, intentar encontrarles sentido al transcurrir del tiempo y a las marcas que nos deja, es una forma de catarsis y una exploración. Recurrimos a las palabras para explicarnos a nosotros mismos, para entender el trasfondo de nuestros pensamientos, para ensayar, con el tacto de nuestras manos sobre las letras, las anchas avenidas o las estrechas veredas que hemos seguido para construir el edificio de nuestras convicciones y el laberinto de nuestras dudas.

Como mujer, nacida en Nicaragua, he sido testigo y partícipe de las luchas políticas y armadas que en el año 1979 derrocaron una dinastía de tiranos en mi país. La dictadura de Anastasio, Luis y Anastasio Somoza hijo había durado cuarenta y cinco años cuando los guerrilleros del Frente Sandinista de Liberación Nacional (FSLN), tras una insurrección nacional armada, tomamos el poder. Viví la energía de una revolución triunfante, sus errores y luego su caída. La revolución fue víctima de una guerra contrarrevolucionaria financiada por Estados Unidos, pero también fue finiquitada con los votos de sus ciudadanos. Sea para que terminara la guerra, por la escasez que vivíamos o porque la revolución se había convertido en un régimen rígido y dogmático, los votos de los nicaragüenses el 25 de febrero de 1990 decretaron la derrota de Daniel Ortega, el fin de la revolución y la llegada al poder de la primera mujer presidenta, Violeta Chamorro.

Como digo en la primera frase de *El país bajo mi piel*, las memorias sobre mis años revolucionarios, escritas en el año 2000, «dos cosas que yo no decidí decidieron mi vida: el país donde nací y el sexo con que vine al mundo». Soy feminista y concebí la lucha de liberación nacional en la que estuve involucrada como una lucha necesaria también para cambiar la sociedad y romper la marginalidad de las mujeres. No obstante el peso que hemos tenido las mujeres en Nicaragua, tanto en la guerra como en la paz, se nos invisibiliza fácilmente. En esto nuestra cultura no es diferente a la mayoría de las culturas latinoamericanas donde prima el machismo. De allí que tanto mi literatura como los artículos y ensayos que escribo giren alrededor de esos dos polos de mi vida: la lucha social y la lucha feminista. Esos dos grandes temas, en ese orden, componen la primera y la tercera parte de este libro de ensayos, artículos, conferencias y discursos.

Empecé a organizarlo en Managua, en 2019, rodeada de incertidumbre, pero queriendo convencerme a mí misma de que la crisis política que vivía mi país, Nicaragua, se resolvería. Me equivoqué como muchos. Desde junio de 2021, estoy en el exilio. Mi patria ha sido violentamente sometida y abusada por su presidente Daniel Ortega y por Rosario Murillo, su esposa y vicepresidenta. La violencia y el abuso fue la respuesta que ellos dieron a una rebelión ciudadana que empezó con pequeñas manifestaciones de estudiantes, pero que se convirtió en una marejada de protestas que clamaban por su renuncia, cuando el poder decidió aplastar la explosión social y matar estudiantes.

Daniel Ortega logró engañar a suficientes nicaragüenses en 2007, como para llegar al poder en primera vuelta con un 38% de los votos. Que necesitara solo ese porcentaje, en vez del 45% que se requería antes de que se reformara la Constitución, se debió a un pacto en el que Ortega le ofreció a su competidor una repartición del poder y el perdón por la cárcel a la que este había sido sentenciado por corrupto.

De 2007 a 2018, Ortega desmanteló instituciones, la autonomía municipal, la independencia de las cortes y el sistema judicial; cambió la Constitución para reelegirse indefinidamente, y los estatutos del Ejército y de la Policía para someterlos a su mando; ubicó al partido como suprapoder sobre el Estado; partidizó la salud y la educación; compró, sometió y hostilizó a los principales medios de comunicación que puso a disposición de sus hijos y nombró a su esposa vicepresidenta. También se alió con los grandes capitales del país a través de un modelo de

Diálogo y Consenso. Les permitía enriquecerse a cambio de que no se involucraran en política.

En 2018 su poder era absoluto y su esposa regía alcaldías, el gabinete, la comunicación y el discurso oficial. Solo ella era vocera del gobierno, a través de una comunicación diaria en radio y televisión. En nombre de la paz, del amor, de Dios y la Virgen Santísima, Murillo comandaba a sus partidarios y establecía la interpretación oficial de cuanto sucedía dentro y fuera de Nicaragua. Pero ese control que la pareja interpretaba de forma triunfalista como contento de la población con sus acciones se tambaleó en abril de ese año, cuando miles de ciudadanos, de todas las clases sociales, se alzaron para expresar su repudio y pedir su renuncia.

En mayo se llevó a cabo un Diálogo Nacional mediado por la Iglesia Católica. Durante ese período, el gobierno urdió una narrativa carente de verdad, donde afirmó que las protestas eran un golpe de Estado instigado por los Estados Unidos. En junio y julio, Ortega ordenó una «operación limpieza». La rebelión popular fue aplastada a sangre y fuego. En tres meses fueron asesinadas, de acuerdo con cifras de la Comisión Interamericana de Derechos Humanos, 328 personas. Hubo casi 2000 heridos, 700 nicaragüenses apresados y más de ochenta mil que salieron del país para evitar represalias. Desde esa fecha, Nicaragua vive en un estado de sitio no declarado. Continúan las violaciones a los derechos humanos y se han suspendido, de hecho, los derechos constitucionales.

La crueldad con la que actuaron —disparar contra los manifestantes, ordenar que no se brindara asistencia en los hospitales a los heridos en las protestas, despedir a cuatrocientos médicos que se negaron a cumplir esta orden, torturar a los presos, prohibir toda manifestación pública, hacer del miedo un elemento de control— les valió para sofocar la efervescencia nacional, pero no para destruir el clamor ciudadano que se enfocó entonces, comprometido con una respuesta pacífica no armada, en las elecciones que debían realizarse en noviembre de 2021.

Los candidatos se preparaban para competir entre ellos bajo el acuerdo de que la candidatura de la oposición caería en quien lograra los mejores números en la opinión pública, cuando en junio de 2021 Ortega y Murillo decidieron apresarlos a todos bajo la acusación de haber recibido dinero del «imperialismo» y ser agentes de Estados Unidos para desestabilizar el gobierno de «izquierda» de Ortega. Sin competencia, llegó a las elecciones con su esposa de candidata a vicepresidenta y se dio por ganador en medio de la mayor abstención, manteniendo su primacía y mayoría en la Asamblea Nacional, donde con un 70% de diputados pasan las leyes que les da la gana.

Desde junio de 2021, muchas personas como yo debimos acogernos al exilio, en vista de la amenaza de prisión al disenso, fuera este expresado en los medios o en las redes sociales. Medidas draconianas se están implementando para castigar cualquier intento de protesta cívica. A los familiares de los opositores se les retienen los pasaportes y no se les permite salir del país; las empresas privadas que rompieron el acuerdo con Ortega en 2018 son castigadas con reparos fiscales millonarios; se ha retirado la personería jurídica a la mayoría de las ONG; se ha abolido de hecho la autonomía universitaria y cancelado más de doce universidades privadas; los medios y los periodistas independientes, en su mayoría, han debido exiliarse ante las amenazas.

En respuesta a la condena internacional ante la detención de más de cuarenta líderes opositores, incluyendo los que habrían sido candidatos electorales, el país se ha aislado, respondiendo con insultos a las amonestaciones de la Unión Europea, de la OEA y de la ONU, entre otros. El gobierno ha expulsado al representante de la Cruz Roja y al nuncio apostólico, embajador del Vaticano; ha impugnado a la embajadora de España y ha refutado con insultos los esfuerzos de otros países. Ortega ha roto su relación con Taiwán para abrir relaciones con la China continental y se ha acercado a Rusia y a Putin, dando su beneplácito a la invasión de Ucrania.

Mientras preparaba este libro encontré, en una vieja computadora, escritos que creía perdidos. Me asombré al observar cómo la deriva de Daniel Ortega, desde la derrota electoral del Frente Sandinista de Liberación Nacional en 1990 hasta la dictadura, se va perfilando de diversas formas. A nivel intuitivo yo lo percibía, pero es curioso cuán difícil resultó para muchos, incluso para la propia dirigencia sandinista, leer las señales de peligro en el comportamiento de Ortega. Era tan fuerte la noción de fraternidad entre compañeros que enfrentaron la muerte y la victoria juntos, que su traición y su acaparamiento de los poderes y del legado del partido y de la revolución no les fue evidente sino hasta que ya era demasiado tarde para enmendarlo. De manera que quienes se preguntan qué pasó con la Revolución Sandinista del 79, y cómo Daniel Ortega y su esposa se convirtieron en dictadores, encontrarán en la primera parte de este libro señales y preocupaciones que esbozan la historia de cómo se empezó a desnaturalizar el sandinismo hasta llegar a montar la tiranía inclemente que sufrimos hoy.

¿Cuántos tiranos alcanzan en una vida?, me pregunto en un poema. En 1979 yo entré al búnker de Somoza y a sus oficinas y pensé que se me había dado ver mis sueños cumplidos: mis sueños de un país libre. Así como vi la caída del tirano cuya familia reinó desde que naciera, un tirano contra el que luché y por el cual también me vi forzada al exilio en 1975, la vida me ha hecho vivir esta segunda tiranía, mucho más cruel que la primera, pues sucede después de que tantos murieron para que no hubiese más dictaduras.

Ser escritora me da la ventaja de un acceso ilimitado a la imaginación, pero este oficio también me obliga a la reflexión y a la observación de lo humano. Los artículos de opinión y otros documentos de este libro son el testimonio de una militancia política y feminista en la que ardí con pasión, convencida de que la liberación personal debe estar unida a la liberación colectiva. Los ordené cronológicamente y aproveché la ocasión para pulirlos y quitar, sobre todo, la repetición de ciertas ideas y cambiar algunos títulos. Decidí que la segunda parte de este libro —una suerte de bisagra entre la primera y la segunda— fuera la entrevista que le realicé en 1998 a Zoilamérica Narváez Murillo, en la que se conjuga su doble papel como mujer y militante del FSLN. Como ocurre en toda entrevista, la voz de la entrevistada es la que aporta la mayor información. Mis preguntas sirvieron solo como disparadores de sus recuerdos y reflexiones.

Mientras armaba este libro, fue impactante ver cómo algunas cuestiones atraviesan varias décadas y siguen en pie, a pesar de la militancia y del paso del tiempo. Los últimos años me hacen pensar que quizás no llegue a ver mis sueños cumplidos, pero no importa. Aunque no se alcance la victoria, hay batallas imprescindibles.

Madrid, septiembre de 2022

I
Mi amada Nicaragua

Además de sueños, necesitamos propuestas

Este artículo y los que siguen, fechados entre 1990 y 2005, muestran cómo las contradicciones, luego de la derrota electoral, llevaron a la usurpación del partido por parte de Daniel Ortega.

Desde las elecciones de 1990, se han sucedido en el FSLN una serie de debates y polémicas. No es la primera vez, por ejemplo, que se plantea la necesidad de que nos situemos como partido de oposición; no es la primera vez que se habla de «ponerse a la cabeza» de las luchas populares, ni que se señalan los peligros de las ambigüedades en nuestra posición vis a vis con el gobierno. El problema, a nuestro juicio, estriba en que los debates —cual fuegos fatuos brillando en la oscuridad— se encienden y se apagan casi sin dejar rastro. El problema es que, a la claridad en señalar los problemas, no la acompaña una discusión sobre qué hacer, ni un consenso sobre el *método* que nos permitirá, a partir de una claridad de objetivos, la revitalización del partido.

La verdad es que las bases y los cuadros intermedios del FSLN se encuentran *sin instrumentos* para darle un nuevo rumbo al partido. La verdad es que las formas establecidas en el último congreso del FSLN para democratizar las estructuras del partido han fracasado, y que si bien se consideró como un logro desplazar el poder máximo de la Dirección Nacional a la Asamblea Sandinista, de hecho, esto no ha sucedido y es la Dirección Nacional quien sigue decidiendo a nivel de cúpula, y en base a cuotas de poder, las políticas y posiciones públicas del partido. Obviamente, esta situación ha hecho crisis de nuevo y ha motivado a un sector importante de militantes sandinistas a expresar públicamente su desacuerdo con estas políticas, atizando otra vez un debate que, de no abordar valientemente y de una vez los problemas de fondo y, sobre todo, de no plantearse un *método* orgánico para resolver estos problemas, corre el riesgo de apagarse, como tantos otros debates, sin dejar rastro.

Para ser una verdadera *oposición*, no solo se requiere unidad de criterios en cuanto a los temas centrales alrededor de los cuales vamos a plantear al Gobierno y al pueblo afectado nuestras alternativas de solución; se requiere una revisión de las *formas de lucha* a utilizar para lograr estos objetivos. Se requiere, además, e insisto, un *método* que nos permita *actuar* como conjunto: se requieren formas organizativas nuevas. Con el FSLN que tenemos actualmente —disperso, escéptico, maniatado por los viejos estilos de una dirección que rehúsa aceptar su propio desgaste—, no hay manera de que podamos hacerle frente a los acucientes problemas socioeconómicos que vive el país y proponer al pueblo una alternativa que inspire confianza y que logre una movilización efectiva. Nos atreveríamos a sugerir que, para que este debate tenga frutos y no redunde en mayor desgaste y desilusiones, se requiere lo siguiente:

Que la Asamblea Sandinista suspenda en sus funciones a la Dirección Nacional en pleno y nombre una Comisión de Transición que organice y dirija —ya sin la influencia de la anterior DN— la preparación de un Congreso Extraordinario.

Que bajo esta Comisión de Transición, y con el fin de elaborar una nueva Plataforma en el Congreso, se proceda a un debate amplio que permita determinar los *planteamientos centrales* alrededor de los cuales deben concentrarse las fuerzas organizadas del FSLN para defender los intereses populares. En este debate debe también incluirse una discusión sobre *nuevas formas de lucha cívica* y *nuevas formas organizativas internas* que nos permitan trascender las que ya se agotaron. En este proceso de discusión, y antes del Congreso Extraordinario, definir un *plan inmediato* que sirva de guía para movilizar fuerzas alrededor de los *problemas urgentes*, que no van a estar sentados esperando al Congreso.

Que con los insumos de esta discusión se elaboren los documentos del Congreso, a ser discutidos en cada comarca y municipio donde haya sandinistas.

Que la Comisión de Transición organice asimismo un proceso abierto de difusión y propaganda que permita dar a conocer a todas las bases las propuestas, trayectoria, etcétera, de los compañeros que quieran optar a la Dirigencia o que sean propuestos a la misma por las bases.

Realizar el Congreso Extraordinario seis meses después de que se pongan en su lugar los mecanismos organizativos del mismo y elegir a las autoridades que mejor puedan dirigir el partido para el cumplimiento de la plataforma acordada y para su reestructuración interna plena, de acuerdo con principios democráticos que contemplen la rendición de cuentas, el control de la mayoría y claros mecanismos de alternabilidad en el poder.

Estas son ideas por las que se puede acusar a la autora de loca, ilusa, despatriada, desfasada y demás. Yo me acojo a la consigna del querido y hoy tan desprestigiado Lenin, que dijo que había que soñar. Creo que hay que soñar proponiendo. Creo que la consigna para este 19 de julio debía ser: «Dirección Nacional, descanse».

[Publicado con el título «Alguien dijo que había que soñar», en *Barricada*, diario oficial del FSLN, Nicaragua, *circa* mayo de 1992.]

La disyuntiva del sandinismo

Desde la derrota electoral de 1990, el sandinismo ha pasado varias etapas. Se dio primero la de choque y lamentación, y luego, en 1991, en vísperas del I Congreso, se inició una etapa de recomposición que podemos decir fue abortada por la propia Dirección Nacional del FSLN al imponerse como plancha e imponer su propia elección bajo la premisa de que así lo demandaba la unidad del partido. El resultado de esta acción, sin embargo, no fue más que una unidad superficial, un parche que tapó la herida, pero no curó la infección. La etapa de recomposición se diluyó en una de escepticismo y apatía. La Dirección Nacional continúa siendo la misma, pero se quedó sola, actuando de hecho en nombre de un partido que ya no la refrenda más que en lo formal y, a menudo, ni siquiera en este aspecto.

La etapa que vivimos ahora se podrá calificar como de atomización. El Frente no se divide, pero tampoco se une; el sandinismo se desgasta en sus contradicciones y se refugia en un idealismo filosófico: «Pienso, luego existo». Pareciera que no se puede actuar porque hay más recetas que clientes, y mientras así están las cosas, el tiempo avanza y la situación del país demanda respuestas de un gobierno que no las da y propuestas de un partido que parece haberse dormido sobre viejos laureles y se autoengaña pensando que el capital del pasado está ahorrado, cuando la realidad pareciera indicar que hay que empezar a acumular un capital nuevo, si es que se quiere otra vez alcanzar la categoría filosófica del «Existo, luego pienso».

De 1979 a 1990, el Frente Sandinista cumplió un papel trascendental en la historia moderna de Nicaragua. Critíquese lo que se critique, actuó como partero de una situación política nueva en el país, una situación irreversible cuyos resultados ideológicos, organizativos, económicos y sociales tendrá que tomar en cuenta quien quiera que llegue al poder. Pero bueno, cumplido este papel, habida cuenta de las nuevas situaciones —también irreversibles— impuestas por el gobierno de Violeta Chamorro, la reconciliación, la necesidad de consenso y democracia, la pluralidad, la recomposición de la economía, la muy diferente situación internacional, el Frente Sandinista no puede —ni debe— obviar la necesidad de replantearse un nuevo papel en la sociedad, un nuevo rol que le obligará, necesariamente, dejar atrás lo que, aun siendo parte de su historia y experiencia, ya no tiene lugar en las nuevas condiciones de este tiempo y este momento político. No me refiero con esto a entregar medallas como testimonio y validación de ese pasado en nombre de nuevas necesidades. Tampoco se trata de negar lo pasado en nombre de un difuso futuro. Se trata de definir prioridades y darle un verdadero perfil al futuro. Desafortunadamente, sin embargo, lo que parece ocupar prioridad en la acción visible del FSLN no es la conformación de un nuevo rol; no es la selección de temas y problemas sobre los que estructurar una plataforma política coherente; lo que parece ocupar prioridad pareciera ser únicamente la afirmación del rol histórico que se jugó, la terquedad para no aceptar los cambios habidos, la continuidad de una Dirección que ya no es capaz de articular consenso y que parece aferrarse tenazmente a un rol protagónico que ya no le corresponde y que resulta en un deterioro cada vez mayor de sí misma.

Esta necesidad subjetiva de un rol protagónico en que el partido casi se autoatribuye el papel de «padre de la patria» desvirtúa la propia naturaleza del partido y lo confina a jugar roles coyunturales arbitrarios que, al carecer de coherencia política, no logran articular ningún tipo de consenso, ni siquiera entre los mismos sandinistas. Paradójicamente, al mismo tiempo que se dan golpes de timón a diestra y siniestra, las opiniones y posiciones que se expresan aun de forma poco estructurada todavía parecieran apuntar a coincidencias en cuanto a la necesidad de replantearse la forma de ser y actuar del partido. Las diferencias entre el proyecto que esbozan desde los más radicales a los más moderados no parecieran ser diferencias estratégicas. No se plantea (se dejó de plantear cuando se estaba en el poder) un socialismo de estilo tradicional; el socialismo del que se habla ahora, aun entre los que aparentemente se contraponen, se parece más a una socialdemocracia que a otra cosa, nos guste o no la palabrita.

Para quitarse el cargo de conciencia que esta modificación implica, se habla de un modelo ético, de contenido diferente al de la socialdemocracia, lo cual es perfectamente legítimo y, de hecho, potencialmente, profundamente revolucionario. Y, sin embargo, a pesar de que hay obvias coincidencias y que, al menos, se podría llegar a consenso sobre una propuesta, la discusión de fondo no se da. El desgaste continúa porque aún hay quienes quieren mantener vivo el mito del Frente Sandinista del 19 de julio y ese Frente Sandinista ya no existe más, y es correcto que ya no exista porque ese Frente Sandinista ya cumplió su papel y ya no cabe en la historia contemporánea de Nicaragua.

No hay entre nosotros quien haya vivido ese tiempo que no tenga nostalgia de esos días, pero la realidad es que ya esos días pasaron. Ya los sandinistas, a los ojos del pueblo, no son los heroicos guerrilleros de esa época, ya no son mito. Son seres de carne y hueso a quienes han visto equivocarse, cambiar, crecer... Y no temo equivocarme en decir que el pueblo ya no sueña con esos días; lo que quiere son días nuevos, días mejores. Lo que Nicaragua necesita no es ya un partido de guerrilleros, o de míticos dirigentes, sino un partido de gente capaz, que pueda dar respuesta a sus problemas y no ande con el lamento de que «todo tiempo pasado fue mejor».

Esa es la disyuntiva, la crisis del sandinismo: ver para adelante y no continuar viendo para atrás. Y ver para adelante significa darse cuenta de que, a menos que haya una renovación profunda de caras, de discurso, de programa, de propuestas concretas, el sandinismo se quedará prisionero de una imagen de sí mismo que cada vez menos nicaragüenses reconocerán.

[Publicado en *El Nuevo Diario*, Managua, 1993.]

El fundamentalismo sandinista

El planteamiento ideológico que se impuso en el Congreso Extraordinario del FSLN propone el retorno del partido al radicalismo de sus orígenes. Así es como se piensa resolver la crisis de identidad planteada no solo por la derrota electoral, sino por los acomodos que, antes, hizo el partido para responder a una realidad que rehusaba funcionar según la ortodoxia y el manual.

Mientras en América Latina y el mundo la izquierda busca nuevas salidas, nuevas rutas hacia la irrenunciable utopía, en Nicaragua el sector hegemónico del FSLN se muestra convencido de que el único camino hacia la utopía es atrincherarse en la intransigencia. Nos derrotaron —dicen— porque no aplicamos los principios y el dogma consecuentemente. De manera que el triunfo pasa necesariamente por una vuelta a las ideas «puras».

Este fenómeno que estamos presenciando en un sector del FSLN no es nuevo en el mundo moderno y tiene que ver con las crisis de los sistemas y con las transformaciones de una realidad que ha rebasado las previsiones de los antiguos modos de pensar. Ante una realidad que no admite ser analizada con los instrumentos convencionales y que requiere de planteamientos mucho más audaces, el desconcierto se refugia en lo conocido, en la ortodoxia, en el pensamiento conservador, en este caso de izquierda, y se cae, como han caído las religiones y los nacionalismos, en el fundamentalismo.

El fundamentalismo se propaga con facilidad porque se basa en lo conocido, en lo familiar, en lo que, de alguna manera, es parte de una identidad valorizada por el pasado de la tradición y la historia. Frente a los nuevos retos cuyas respuestas no se encuentran ya en los libros de páginas leídas y vueltas a leer, es más cómodo el camino de pensar, por ejemplo, que el problema está en la falta de «pureza» en la aplicación del marxismo. Es más fácil dar renovado ímpetu y reactivar la idea del antimperialismo, encarnando en el símbolo tradicional —los Estados Unidos—, que analizar el nuevo fenómeno de un imperialismo mucho más parecido al que delineó Lenin, cuya expresión es más sutil e insidiosa y que demanda métodos de lucha que ponen en cuestión los conceptos de *nación* y *soberanía* como hoy los conocemos. Frente a ese imperialismo cultural de la informática, de la educación, del mercado, de las transnacionales, las alternativas no son fáciles. ¿Nos aislamos o aceptamos el mundo global? ¿Cómo sobrevivimos sin claudicar? Los Estados Unidos y su política, en las actuales circunstancias de la correlación de fuerzas a nivel mundial, son solo la punta del iceberg.

En el Congreso del FSLN se repitieron las consignas acostumbradas contra el yanqui enemigo de la humanidad, pero apenas se discutió la posición frente a la ley de inversiones extranjeras, frente a un eventual Tratado de Libre Comercio. En fin, ante la compleja situación que representa la fase actual del desarrollo del capital transnacional, se dio una respuesta fundamentalista, fácil, conservadora, presentándola como una «renovación» del pensamiento auténticamente revolucionario. De la misma manera, se produjo la reafirmación de la concepción vanguardista, reñida por definición con la concepción democrática de las sociedades modernas. La concepción de vanguardia, sin embargo, dentro de un marco de pensamiento conservador de izquierda, es muy reconfortante, porque protege la noción de «clan», de tribu, que es la razón de ser de cualquier tipo de fundamentalismo.

De este fundamentalismo sandinista, nacido frente a la amenaza de un futuro incierto y de una realidad que demanda un análisis ponderado, científico y serio, nada podemos esperar más que intransigencia y un cada vez más marcado «ayatollismo» que satanizará y condenará cualquier idea o pensamiento que se aleje o cuestione las supuestas verdades fundamentales. Parte esencial del pensamiento fundamentalista —sea este cristiano, musulmán o nacionalista— es el fanatismo y la noción de que quienes defienden la pureza de las ideas no han tenido más que recurrir a la «guerra santa», al «yihad» para enfrentar a traidores, librepensadores o desviados. De allí que del naciente fundamentalismo sandinista tendremos que esperar una guerra sostenida a la inteligencia y al atrevimiento de pensar, que no dejará piedra sobre piedra.

El reto para quienes no estamos dispuestos a claudicar ante las complejidades de la historia estará en continuar abogando por una real alternativa que descarte el oscurantismo y que abra paso a las nuevas ideas. Debemos estar claros, sin embargo, de que el fundamentalismo —por su misma naturaleza— es absolutamente intransigente. No admite conciliación, libertad de pensamiento, ni respeto a las diferencias. Es intolerante. Quien quiera existir en este FSLN «renovado» tendrá que adorar a un solo Dios. Yo soy panteísta.

[Publicado con el título «La paradoja de inventar la renovación recurriendo al fundamentalismo», en *El Nuevo Diario*, Managua, 5 de julio de 1993.]

El baile de máscaras de nuestros máximos dirigentes

No es que crea que la gente no puede cambiar. Al contrario: muchas personas cambian, pero hay cambios auténticos en los que se apuesta a perder todo por defender convicciones y principios, y hay cambios sospechosos, hechos con el afán desmedido de vender una imagen a cualquier precio. Una cosa es, por ejemplo, reconocer que hubo problemas entre la revolución y la Iglesia, y que la situación debe mejorar, y otra muy distinta es llegar a «comprometerse» con el cardenal Obando a que no habrá más servicio militar, o prometer consultarle sobre quiénes deberán ocupar los ministerios de Gobernación, Educación y Defensa.

Este tipo de cambios son tan flagrantes ardides publicitarios que uno se pregunta dónde quedó el pudor, el respeto propio y ajeno, o qué es lo que quiere probar Daniel Ortega al visitar al tristemente célebre Urcuyo Maliaño, ahora yendo a buscar el beneplácito de su eminencia, el cardenal Obando, ofreciéndole una gratuita interferencia en asuntos de Estado a cambio de la oportunidad de fotografiarse con él y llevar la parábola del hijo pródigo a la apoteosis publicitaria. El afán de «lavarse la imagen» es tal que ya uno no sabe qué tipo de proyecto es el que está detrás de ese emblema por cuya solidez de principios corrió tanta sangre buena; un emblema que nos fue expropiado y confiscado a los que trabajamos por la revolución, para ser convertido en sinónimo de la filosofía de que el fin justifica los medios.

¿Qué tipo de partido es ese que está dispuesto a aliarse con cualquiera, a prometer lo que sea, a desdecirse de lo dicho, a defender a los que explotan con una mano y a los explotados con la otra? ¿Qué tipo de partido es ese que dice defender la educación laica, la separación de la Iglesia y el Estado, pero ofrece someter delicadas decisiones de gobierno a la consideración del máximo prelado de la Iglesia Católica?

¿Es que se acabó en Nicaragua la decencia de competir en una justa electoral siendo lo que uno es? ¿Qué tipo de país somos que el líder de una revolución que cambió los destinos de Nicaragua para siempre se siente obligado a convencer al pueblo de que ya no es lo que fue, convencido él en primer lugar de que solo puede ganar falsificando su propia imagen?

Es terrible ver en una ciudad como Managua, donde los niños piden limosna en cada parqueo, cada calle y cada semáforo, y donde las mujeres se aglomeran en las esquinas de noche para prostituirse por hambre, este baile de máscaras de los máximos dirigentes de los supuestos partidos más fuertes en estas elecciones. Pagando sumas astronómicas en campañas de publicidad, ambos esconden sus verdaderos rostros detrás de los rostros amables de niños, bebés y viejitas dulces, porque saben que, si salen a la arena pública y aceptan el debate democrático de los temas, propuestas e ideas concretas, corren el riesgo de que se les caiga la máscara y se le revele al pueblo el juego de imágenes y espejos detrás del que se ocultan.

A mí me parece que es en verdad lamentable que haya tantos que piensen que tienen que escoger entre estos dos personajes, estos dos expertos del ilusionismo político que, tras ganarse adeptos rugiendo como leones, se falsifican ahora, sin guardarse lealtad ni siquiera a ellos mismos y pretenden que creamos que no son más que mansos y benévolos cachorritos: el uno como Caperucita roja, prometiendo gobernar con el evangelio en la mano, y el otro con su camisita blanca de primera comunión, prometiéndole al cardenal Obando que esta vez sí se va a portar bien.

¿Así es, así será Nicaragua? ¿Qué clase de gobernantes podrán ser estos? ¿Quiénes somos, que no nos interponemos en su camino?

[Publicado con el título «¿Qué fines justifican esos medios?», en *El Nuevo Diario*, Managua, 29 de agosto de 1996.]

La caída de un símbolo

Es difícil escribir sobre este tema. Difícil porque, aunque Daniel Ortega sea ahora para muchos de nosotros un hombre obcecado en sobrevivir políticamente a cualquier precio, durante más de una década quienes luchamos por la Revolución Sandinista y la amamos le profesamos respeto y admiración no solo como dirigente, sino como persona.

¿A qué sandinista no se le atenazaron las lágrimas escuchándolo la madrugada del 25 de febrero, cuando admitió con gran dignidad la primera derrota del FSLN en las urnas electorales? ¿Cuántos sandinistas honestos no sintieron revivir su entusiasmo cuando en las elecciones de 1996 la ventaja electoral de Alemán pareció desvanecerse y las masas aclamaban a Daniel en las plazas otra vez? Incluso quienes nos opusimos, criticamos y consideramos cuestionables las prácticas de su poder lo hemos hecho con respeto porque, después de todo, cada quien en política defiende lo que cree y, si somos democráticos, tenemos al menos que considerar seriamente las convicciones y razones del otro.

Fue muy doloroso para quienes militamos muchos años en el Frente Sandinista separar los afectos de los preceptos y llegar a la conclusión de que debíamos renunciar al partido u oponernos a un tipo de política que ya no respondía a nuestras convicciones. Tomó tiempo que alguien se atreviera a cuestionar públicamente el liderazgo de Daniel Ortega, porque, dentro del sandinismo, él era un símbolo. Para muchos, todavía lo es.

Los símbolos trascienden la humanidad de las personas que representan. Un símbolo es, precisamente, una persona a quien los demás le han transferido todos aquellos valores, aspiraciones y sueños de la causa que llegaron a simbolizar. Por eso, ¿cómo no va a ser doloroso, en el mejor de los casos, inaceptable y terrible para tantos, que de pronto el símbolo sea revelado, no solo en su defectuosa y falible humanidad, sino como alguien capaz de un comportamiento desde todo punto de vista censurable?

¿Cómo no va a ser difícil aceptar que el mismo hombre que aplaudimos en las plazas, que escuchamos hablar de heroísmo y sacrificio, con su voz rasposa y lenta; el mismo hombre con el que lloramos el 25 de febrero sea el mismo que hoy se nos revela como una persona que abusó de su poder para infringirle a una niña que compartía su techo y su nombre el gran dolor de verse acosada y obligada a guardar en secreto sus aflicciones? La niña se hizo mujer; siguió soportando el acoso como mujer, hasta que al fin tuvo la entereza de no seguir callando y nos alertó a todos, desde una posición ética, de que este símbolo es un hombre: un hombre que hizo algo lesivo a la dignidad de la mujer; un hombre, como muchos en nuestro país, que no saben controlar sus impulsos, cometen fallas y luego no quieren aceptarlas ni pagar el precio de sus actos. Un hombre, al fin, como muchos, que quieren seguir haciendo, en su vida personal, lo que se les antoje con absoluta impunidad.

La reacción dentro del FSLN de achacar todo esto a una conspiración política tiene que ver con el carácter de símbolo de Daniel Ortega. En este sentido, su actuación es bochornosa, no solo para él, sino para todos los que nos reconocimos en él en algún momento de nuestra historia. Lo que Zoilamérica reveló nos deja anonadados, humillados a quienes hemos sido sandinistas. Es un dolor para todos, estemos o no dentro del partido. Hay una gran lección en este hecho, sin embargo: la lección de una mujer valiente que pudo dirimir, en medio de un ambiente político donde el poder ha sustituido a la razón, entre el símbolo y el hombre.

Zoilamérica, obviamente, cree en el sandinismo. Su denuncia del hombre es paradójicamente un testimonio de su fe en el valor colectivo. Podrá tomar tiempo, tendrá ella que soportar mucha injuria y calumnia, tendrá quizás hasta que recurrir a la vía jurídica para proteger su integridad y demostrar que esta acusación no es producto de ninguna conspiración. Pero con su actitud, ella les ha dicho a las mujeres nicaragüenses que sufren maltrato y abusos que la dignidad personal no es menos importante que el interés de un partido o el papel de un dirigente político; que nadie, sea quien sea, puede atropellar a otro ser humano y considerarse impune.

Su actitud nos dice también que quien se arroga la representatividad popular no puede solamente atender su rol político; tiene que haber una coherencia entre lo personal y lo público, tiene que haber una correspondencia entre la ética pública y la ética privada. Pequeño favor le hubiera hecho ella al sandinismo quedándose callada, permitiendo que, amparado por el silencio de su vergüenza, el hombre siguiera reclamando para sí los valores simbólicos de un movimiento político cuyo legado se ha construido sobre la generosidad, la vida y el heroísmo de tanto nicaragüense.

Desafortunadamente, la confusión entre Daniel Ortega-símbolo y Daniel Ortega-ciudadano es tan grande, que quienes quieren salvar el símbolo, en vez de preocuparse por el fondo de este problema, por la moralidad o inmoralidad del hecho, se preocupan por las «motivaciones» que pudo haber tenido ella para denunciarlo; discuten sobre si debía o no haber hecho público el problema para no «perjudicar al Frente Sandinista». No le reclaman a ella su silencio, sino el haberse atrevido al fin a hablar. En vez de considerar con madurez la posibilidad de que Daniel Ortega, como persona, como hombre, pueda haber cometido una ofensa seria, buscan cómo destruir el mensaje destruyendo a la mensajera.

Si existe un sandinismo en el corazón de Nicaragua, un sandinismo auténtico, limpio, honesto, solo sobrevivirá si logra separarse de la autoridad o liderazgo de una persona, y vuelve a convertirse en un valor colectivo como el que fue capaz de soportar la pérdida de Carlos Fonseca, Eduardo Contreras, Ricardo Morales y tantos líderes cuya desaparición, tras muertes heroicas, no significó el fin de la idea, ni la derrota de la causa.

Si el sandinismo puede sobrevivir tras las fallas de Daniel Ortega, será porque el sandinismo es más que él. Si no las sobrevive más que tapándolo, protegiéndolo contra sus propias responsabilidades, justificándolo o acusando de conspirador a quien cuestione a su líder, es que el sandinismo se quedó vacío y solo vive de ecos y rituales sin contenido. Si el sandinismo no puede escuchar a Zoilamérica como militante, se habrá convertido en un partido al servicio de la carrera política de un hombre. Triste fin de tanto valor y tantos sueños.

[Publicado con el título «El dolor por el hombre símbolo», en *El Nuevo Diario*, Managua, 1998.]

Un pacto entre abusadores

Durante la campaña electoral de 1996, el FSLN planteó que Arnoldo Alemán representaba el regreso al somocismo. Ciertamente así fue. El país ha retrocedido a una era de corrupción, desmoralización, nepotismo, amiguismo, que ha superado incluso las peores profecías sandinistas. La corrupción no ha respetado siquiera una tragedia como la del huracán Mitch: los damnificados siguen en sus champas, mientras los gobiernistas se construyen mansiones y abusan del poder del Estado para enriquecerse.

Los pactos sociales son parte del camino a recorrer en una democracia institucional. Se realizan entre fuerzas contendientes u opuestas que, a través de largas épocas de actuar en la arena política, llegan a representar a grandes sectores de la sociedad. Se realizan como acuerdos entre fuerzas constantes en una sociedad, con el objetivo de limar contradicciones y llegar a acuerdos de gobernabilidad. En este caso, sin embargo, el sandinismo de Ortega está empeñando su nombre y su representatividad en un pacto con una fuerza que tiene en su haber solo un período electoral; una fuerza que en este único período electoral se ha desgastado aceleradamente, no solo por su incapacidad y sus malos manejos, sino por sus intentos de reeditar un pasado negro del cual nos liberamos los nicaragüenses tras un enorme derramamiento de sangre.

Daniel Ortega, además, decide armar este pacto no al principio del período electoral de Arnoldo Alemán, sino casi al final. O sea, cuando se inicia la etapa en que, tradicionalmente, las fuerzas políticas se preparan para alinearse y aliarse de cara a someterse otra vez a la voluntad popular. De hecho, pues, este pacto es una alianza electorera entre dos fuerzas. No persigue la gobernabilidad ni las reformas sociales, ni nada que beneficie a la población. Persigue únicamente volver a situarnos a los nicaragüenses en la encerrona en que nos vimos en 1996, entre la espada y la pared.

Cabe preguntarse cómo es posible que el mismo Daniel Ortega, que en 1996 decía que Alemán representaba el regreso al somocismo, hoy esté dispuesto a usar su influencia y su poder político para dejarnos a los nicaragüenses frente al hecho consumado de un liberalismo ungido como la única fuerza política que representa una alternativa al sandinismo. ¿Cómo es que un partido que surgió de las cenizas hace cinco o seis años hoy es reconocido por el FSLN como la fuerza política con quien escoge firmar un pacto de enormes consecuencias a largo plazo para el futuro del país? La explicación es terrible pero sencilla: el FSLN está reconociendo en el Partido Liberal Constitucionalista no al partido de membrete que era antes de Arnoldo Alemán, sino la tradición liberal de donde proviene este partido, o sea, al liberalismo somocista. El FSLN no está firmando un pacto con Arnoldo Alemán, está firmando un pacto con el fantasma de Somoza. Está traicionándose no solo a sí mismo, sino a todos sus muertos, sus caídos, las cincuenta mil personas que dieron su vida para que en Nicaragua terminara el somocismo.

El oxígeno que no le daría a Alemán el pueblo nicaragüense en una nueva vuelta en las urnas electorales se lo está otorgando el Frente Sandinista de Liberación Nacional a través de su líder desprestigiado y de todos los diputados temerosos que han confundido los principios revolucionarios con la obediencia ciega que le deben.

Este pacto, *madre de todos los pactos* en nuestra historia, tiene como objetivo fundamental, además de *eliminar cualquier alternativa* que no sea el sandinismo oficial o el liberalismo somocista, proteger los abusos de Arnoldo Alemán y Daniel Ortega. Ambos están buscando protegerse: el uno, de ser acusado de abusador de los fondos públicos, y el otro, de ser acusado de abuso sexual. Es un pacto de abusadores para seguir abusando impunemente.

Se busca eliminar la independencia de la contraloría, dividirse el poder en el Consejo Supremo Electoral y en la Corte Suprema de Justicia, reformar la Ley Electoral y la Constitución. Se eliminarían así las elecciones donde puedan salir elegidos otros que no sean los dos partidos firmantes del pacto: las elecciones municipales independientes, las elecciones a candidatos por suscripción popular, las listas independientes de diputados, los partidos minoritarios. Se trata de eliminar, de tajo y por decreto, cualquier resquicio por donde los ciudadanos puedan hacer valer derechos que disientan de los dos partidos que se repartirán el pastel arbitrariamente. Se trata de copar todas las instituciones y los mecanismos legales, legislativos o electivos. Todo recurso legal, toda posibilidad de nuevas alternativas políticas, hasta de hacer oposición, quedará aplastada si este pacto se ratifica. Si este pacto pasa, estaremos de hecho siendo cómplices de que se firme un futuro de sangre para nuestros hijos. Dejaremos a la juventud, otra vez como en tiempos de Somoza, «sin más alternativa que la lucha», como dijera Leonel Rugama.

El pueblo nicaragüense, el pueblo sandinista, debe abrir los ojos y oponerse por todos los medios posibles a este pacto de abusadores. Si no nos oponemos hoy a este abuso, les estaremos legando a nuestros hijos, a las futuras generaciones, un país con un futuro negro, pobre, sin dignidad ni esperanza, donde proliferarán las pandillas, las prostitutas y los ladrones; donde cincuenta mil muertos se revolcarán en sus tumbas y aullarán por las noches lamentándose de que nosotros no hayamos tenido las agallas, la decencia, la visión, de salir en defensa del futuro por el que dieron generosamente sus vidas.

Veamos los ojos de nuestros hijos. Hagamos nuestro deber hoy para que ellos mañana puedan ser ciudadanos honrados y no tengan que ser otra vez guerrilleros. Eso es lo que nos estamos jugando. No nos engañemos. Si no actuamos hoy, lloraremos amargamente. Si no me creen, relean la historia. Los pactos como este, en

Nicaragua, los hemos pagado con sangre. Cada vez con más sangre.

[Publicado con el título «El pacto de abuso o el abuso del pacto», en *El Nuevo Diario*, Managua, 1998.]

El sandinismo, un partido de séquito

Por más que trate de buscarle las vueltas a esta tercera derrota electoral del FSLN, el rostro del ciudadano comandante rebota sobre mi teclado. Se podrá decir cuanto se quiera para despersonalizar esta derrota sandinista y atribuirla a causas externas, pero mientras el sandinismo no tenga el valor de afrontar el problema interno de su propio estancamiento, el hecho de que se ha convertido en un partido de séquito, se seguirá desgranando y perdiendo credibilidad.

En el caso de Daniel Ortega, un análisis frío de los últimos dos procesos electorales demuestra hasta la saciedad la célebre tesis de Marshall McLuhan de que «el medio es el mensaje». Las brillantes y costosas campañas publicitarias de 1996 y 2001, con sus mensajes dulces y almibarados de paz, tranquilidad, cambio y reconciliación, no lograron generar la credibilidad que le habría ganado la presidencia al FSLN. Este partido que durante sus años de lucha fue capaz de sustituir a tantos dirigentes, cuantos murieron en el trayecto, se ha mostrado incapaz de sustituir al hombre que se convirtió en el símbolo de su época en el poder.

Como colectivo, el FSLN pudo, de 1977 a 1979, transformar su imagen de organización guerrillera sectaria y radical por la de una organización política amplia, capaz de convocar a la sociedad nicaragüense en su conjunto para el derrocamiento de la dictadura somocista. Sin embargo, desde 1984 el FSLN se embarcó en un proceso de personalización de su dirigencia derivado de la confusión Estado/partido, de manera que el presidente del país se convirtió, a su vez, en la máxima figura del partido. Este proceso de acumulación de poder en una sola persona dio al traste con uno de los rasgos más novedosos y ricos del FSLN: su dirección colegiada. El fin de la dirección colegiada significó un cierre de espacios al interior de este partido. El tránsito del FSLN de partido revolucionario a partido electoral no surgió de una reformulación y reacomodo programático y democrático, ni fue el producto de un debate interno que diera contenido a una propuesta modernizante. El cambio se introdujo en 1984 como una necesidad de campaña.

La era del poder individual inauguró una época de derrotas para el FSLN. Los fracasos de 1990, 1996 y 2001 dan testimonio de que, bajo la conducción de Daniel Ortega, el sandinismo no ha logrado reconstituirse como alternativa de poder, sino que más bien se ha hundido, en términos de identidad, en un limbo confuso. La única línea clara que lo ha sostenido es la de la lealtad obligatoria a su secretario general. Tres derrotas sucesivas indican claramente que el FSLN no ha tenido éxito en lo interno ni frente a la sociedad, al perder su carácter de partido programático. La sustitución de la causa sandinista por el personalismo de su líder ha dado como resultado la fragmentación y la pérdida de identidad del sandinismo histórico.

El FSLN de 2001 se definió en esta campaña electoral como el *alter ego* de su candidato, de tal manera que los principales mensajes de campaña, más que apuntalar la fuerza del carácter popular de la idea sandinista, se concentraron en «descontaminar» la imagen del candidato, para, como quien dice, «pasarlo en limpio» y presentarlo como el profeta de un rosado porvenir. Lejos quedaron las imágenes del guerrillero de la lucha antisomocista, del presidente antimperialista. El miedo del que tanto se ha hablado a partir del reciente resultado electoral lo removió implícitamente la misma campaña del candidato sandinista al querer contrarrestar tan vehementemente la imagen beligerante, autoritaria, poco democrática de su candidato, y protegerlo de la grave acusación de Zoilamérica.

Fue una campaña eminentemente defensiva, construida alrededor de la promesa de que el candidato había dejado de ser quien era para convertirse en otra persona más potable y tranquila: la imagen dulcificada del padre y del esposo amante, del dirigente conciliador, del hombre religioso. «El amor es más fuerte que el odio» es una frase de doble filo, porque supone y sabe que habrá que hacerle frente al odio. Es una frase para justificar a un hombre, no una frase para proponerle a un país la conducción de un partido que lograría sacarlo de la corrupción y la miseria. En esa simbiosis de hombre y partido, el gran perdedor fue el FSLN, que tuvo que despojarse de su imagen beligerante, de defensor de las mayorías, para plegarse a las necesidades personales de un dirigente que se rehúsa a aceptar que, como figura pública, convoca más animadversión que respaldo.

No hay duda de que dos factores señalados en estos días —la injerencia norteamericana y la descalificación por parte de la Iglesia— le restaron votos al sandinismo. Pero también es cierto que las mismas debilidades de Daniel Ortega impidieron salirle al frente a estas acusaciones. Para evitar la imagen beligerante, el FSLN no se defendió contra las infundadas e injustas acusaciones de favorecer el terrorismo. Por otro lado, la plana mayor del FSLN y su candidato soportaron estoicamente el discurso del cardenal Miguel Obando y Bravo en la misa campal del 1 de noviembre, priorizando la conveniencia coreográfica y publicitaria, sin considerar las consecuencias de aceptar tácitamente a la Iglesia como árbitro político en la vida nacional, a pesar del carácter laico del Estado nicaragüense.

Pocas veces ha tenido un partido tantos elementos como los que tiene el sandinismo para cuestionar el acierto de un dirigente, pero, como decía anteriormente, desde 1990 el FSLN ha pasado a girar alrededor de la lealtad personal a Daniel Ortega, más que alrededor de propuestas y principios. Si esta tendencia se mantiene, como parecen indicar no solo las declaraciones de sus voceros sino incluso las de algunos líderes de la convergencia, el FSLN dilapidará una vez más la posibilidad de autoexaminarse concienzudamente y se quedará en una labor de enfermería, poniendo parches a los orgullos y sensibilidades heridas de sus dirigentes y usando sus energías para fabricar las muletas que le permitirán al presidente echarse a andar otra vez.

Los dirigentes de la Convergencia tendrían que meditar bien este asunto, si es que quieren que lo que se originó en una necesidad táctica del sandinismo se convierta en una estrategia verdaderamente capaz de generar una renovación política de la oposición en el país. Antes de embarcarse en la búsqueda de la famosa Tierra Prometida, deberían exigir que el FSLN defina su identidad; deberían asegurarse de si solo habrá uno o varios Moisés capaces de abrir las aguas.

[Publicado con el título «¿Podrá el Frente Sandinista sustituir a Daniel Ortega?», en *El Nuevo Diario*, Managua, 2001.]

Nicaragua: de revolución a farsa

Para defender los fraudulentos resultados de las recientes elecciones municipales del 9 de noviembre en Nicaragua, Daniel Ortega no encontró mejor salida que instaurar la anarquía en varios sitios del país. Para acallar las protestas de la población al conocerse las evidencias del fraude, mandó a sus seguidores para que impidieran con lluvias de piedras y amenazas de palos que esta se manifestara.

Para quienes siguieron de cerca la Revolución Sandinista en los años 80, resulta difícil entender lo que sucede. Figuras emblemáticas de aquellos años, como Ernesto Cardenal, Dora María Téllez, Sergio Ramírez, han denunciado que en el país se está gestando otra dictadura. A menudo, he comprobado el desconcierto de quienes apoyaron con su solidaridad lo que semejaba entonces una gesta de David contra Goliat. Preguntan sorprendidos: ¿qué le ha pasado a Daniel Ortega?, ¿cómo fue que cambió tanto? Confieso que me da un poco de vergüenza responderles.

Para muchos de los que formamos parte de aquella masa intrépida que derrocó a la tiranía somocista el 19 de julio de 1979, los bandazos y arbitrariedades de Ortega eran un secreto a voces que guardábamos en casa. Atribuíamos ese comportamiento a su falta de experiencia, al poco don de gentes de su inescrutable personalidad, al impacto psicológico de los siete años que pasó en la cárcel. Lo aclamábamos en medio del fervor idealista, pero en la intimidad criticábamos su constante necesidad de ser desafiante sin medir las consecuencias. Nuestro consuelo era saber que, aunque el mundo lo considerara el líder de la revolución, en realidad él era solamente uno más.

La dirección del Frente Sandinista de Liberación Nacional y del gobierno revolucionario era colectiva y varios de los nueve hombres que conformaban el directorio eran personas capaces e ilustradas, cuya autoridad era un contrapeso a la peculiar manera del presidente de hacer política. Recuerdo incluso una conversación que sostuve, antes del triunfo de la revolución nicaragüense, con Fidel Castro. Cuando le reclamé su aparente preferencia por la facción dirigida por los hermanos Ortega, Humberto y Daniel —el FSLN se encontraba dividido entonces en tres grupos—, Fidel me contestó que, precisamente porque las ideas y la disposición de los Ortega era menos predecible, él consideraba que no podía dejarlos solos. No sé qué pensará Fidel ahora.

La supremacía de Daniel Ortega entre aquel grupo de *primus inter pares* fue asentándose gracias, en gran medida, al poder indiscutible que la llamada Guerra de la Contra confirió al comandante en jefe del Ejército Popular Sandinista. Más astuto que Daniel, su habilidad para salirse con la suya a cualquier costo le había ganado el sobrenombre de «Puñal». Durante los diez años que duró la revolución, Humberto Ortega fue inclinando el fiel de la balanza a favor de su hermano, hasta asignarle un protagonismo que justificaba con el argumento de que la autoridad de un presidente confería institucionalidad a la revolución. Ni él mismo, creo, imaginó lo aventajado que resultaría Daniel como aprendiz de sus mañas.

Paradójicamente, su hora más alta no sobrevino en ninguno de sus momentos de triunfo, sino ante la inesperada derrota del FSLN en las elecciones de 1990, las más vigiladas en la historia del país. En el discurso en que concedió la victoria a su contrincante, Violeta Chamorro, destacó la trascendencia de aceptar la voluntad popular, aun cuando la guerra financiada por Ronald Reagan hubiese puesto al pueblo de Nicaragua a votar con una pistola en la sien.

El debate sobre lo que esto significaba para un FSLN en la oposición fue el origen de la primera gran fractura interna del sandinismo. Ortega y tras él las disciplinadas estructuras partidarias reclamaban que jamás renunciarían al derecho a ejercer la violencia «revolucionaria», que hacerlo era traicionar al pueblo. La otra posición planteaba que el partido debía adaptarse a las nuevas condiciones del mundo. La caída del bloque socialista demostraba el fracaso de la «dictadura del proletariado». El país requería una izquierda moderna que descartara la violencia como método de resolver diferencias y se apuntara con brío a radicalizar la democracia y abogar por los intereses populares respetando la diversidad y las leyes.

Las acusaciones de los sectores más dogmáticos contra quienes sosteníamos estas ideas no se hicieron esperar. A los disidentes se nos endilgaron adjetivos que iban desde «cobardes» hasta «traidores». Daniel Ortega dirigió la embestida y se erigió como el único capaz de preservar la amenazada unidad. Renovó así el discurso de confrontación de los años 80, esta vez contra los miembros de su propio partido. Mientras tanto, en la práctica, él y otros dirigentes como Bayardo Arce y Tomás Borge se encargaban de asegurar la supervivencia económica del FSLN y de ellos mismos, distribuyendo propiedades del Estado y otros recursos, y acumulando fortunas personales.

La llamada *piñata* sandinista fue vergonzosa. Si bien la propiedad de la tierra fue legalizada a las cooperativas, en un acto de democratización del área propiedad del pueblo, compuesta por los bienes confiscados a Somoza y la dictadura, cuadros sandinistas alertados sobre el valor de estas tierras las compraron a los cooperados y pasaron a ser dueños, entre otras cosas, de las anchas costas del Pacífico nicaragüense, que hoy son vendidas a inversores europeos y norteamericanos por millones de dólares. La *piñata* causó nuevas deserciones en el interior del FSLN por desacuerdos éticos, pero generó, al mismo tiempo, complicidades estrechas ya no basadas en ideales y sueños, sino en negocios o en el mutuo encubrimiento. El FSLN se apropió de emisoras de radio y equipos de televisión. Fundó un banco y formó empresas usando los nombres de cuadros leales que también se enriquecieron.

Esta incursión en el mundo de los negocios no impidió, sin embargo, que continuara el discurso populista. Y fue este divorcio entre el discurso y la práctica lo que, en 1999, le permitió pactar la división del país con el entonces presidente y jefe máximo del Partido Liberal Constitucionalista, Arnoldo Alemán. Acusado de corrupción,

Alemán se encontraba en una posición de debilidad. Para asegurar su supervivencia política, aceptó el pacto con Ortega. Se amplió el número de magistrados y miembros de la Corte Suprema, del Consejo Electoral, de la Contraloría, de la Asamblea Nacional para incluir a los sandinistas, y se inició un cogobierno. Eventualmente, Ortega le arrancó a Alemán la concesión clave: bajar el porcentaje de votos necesario para ser electo presidente de un 45% a un 35%.

Hecho esto, Ortega escenificó el regreso del hijo pródigo a los brazos de la Iglesia católica, a quien atribuía una influencia decisiva en sus previas derrotas electorales. Empezó a visitar a su antiguo némesis, el cardenal Miguel Obando y Bravo. Poco después, este ofició la misa en la que el líder sandinista se casó por la iglesia con su compañera de vida, Rosario Murillo, y sus discursos se llenaron de frases bíblicas y alabanzas a Dios. Como ofrenda final, Ortega apoyó la revocación de una disposición constitucional del siglo XIX que autorizaba la interrupción del embarazo si hacía peligrar la vida de la madre.

Tras tres intentos fallidos, el tozudo comandante logró coronar su ambición de regresar a la presidencia el 10 de enero de 2006. Su actitud desde entonces, y en las recientes elecciones municipales, parece indicar que esta vez no está dispuesto a jugarse el poder más que en simulacros democráticos cuyos resultados le favorezcan.

Mientras escribo esto, la carretera de acceso a mi casa está cortada por grupos de choque orteguistas. Apostados allí, intentan impedir que medios y diplomáticos lleguen a una iglesia donde Eduardo Montealegre, el candidato a alcalde de Managua por la oposición, mostrará las actas de votación que demuestran el fraude perpetrado en su contra. Aparentemente, para salirse con la suya, Daniel Ortega también está dispuesto a incendiar el país. Lo mismo hizo Somoza en 1979. El revolucionario se ha convertido en su propia antítesis.

[Publicado en *El País*, Madrid, 28 de noviembre de 2008.]

Me duele mi país

Los países duelen. Los latinoamericanos no solo cargamos con el dolor de la memoria de haber sido colonizados, intervenidos, explotados, sino que cargamos con los dolores del presente. Ese dolor de ver a nuestros países sufrir, llorar, atravesar por días en que no sabemos si las correntadas que se llevan tantos sueños y posibilidades y vidas, se van a llevar también todas esas esperanzas que, explícitas o no, son las que cada mañana nos hacen levantarnos de la cama, ir a trabajar, enamorarnos y tener hijos.

El amor que uno siente por su país es fuerte y misterioso. Uno no ama a su país porque sea rico o poderoso, o porque suba o no su producto interno bruto. El amor al país es el amor por ese lugar del mundo donde uno sabe quién es, donde todas las referencias son familiares. No tenemos raíces visibles como los árboles, pero nuestras piernas reconocen la tierra donde estamos enraizados. Hay una intimidad que tiene que ver con la historia, con la memoria de quienes nos engendraron, con nuestros primeros recuerdos: el parque donde jugamos de niño, la luz del atardecer cuando éramos adolescentes.

Instintivamente compartimos con nuestros compatriotas un destino común, una manera de estar en el mundo. No importa lo que nos divida, ni el color de la piel que cada uno tenga: hay una identidad, un lenguaje, una manera de movernos y hasta de sufrir que nos es particular.

Llevo ese sentimiento plantado dentro, corre por mis arterias y venas. A menudo pienso que mi amor por Nicaragua es geográfico y que sus ríos y montañas me atraviesan. Es un sentimiento inmune a las dictaduras, a los altibajos cotidianos y a los personajes políticos, pero vulnerable a los olores, los sabores, las cadencias y los gestos que en tantas madrugadas, tardes y noches lo van atando a uno a un espacio físico donde el alma se reconoce a sí misma y encuentra su pertenencia. En ese lugar, la frontera del cuerpo desborda la piel y se mide en kilómetros o millas; sus límites son de tierra, de agua o de altas cordilleras.

Nicaragua es uno de los países geológicamente más jóvenes de Centroamérica. Está todavía en proceso de formación, con el magma a flor de piel. Aunque un tercio del país se considera muy antiguo y algunas rocas en las regiones del norte datan de hace doscientos millones de años, la actual formación de sus lagunas y volcanes tiene que ver con la incrustación subterránea de la plataforma marina de los Cocos. La fricción de esta con la plataforma Atlántica es responsable de los más de cuarenta volcanes que se yerguen en la superficie del territorio. Uno de estos volcanes, el Santiago o Masaya, está activo.

Cuando era adolescente fui más de una vez con mi hermano mayor a ver, desde la boca del cráter, al atardecer, las olas de ese mar de fuego. Uno se asomaba y veía el magma ardiente, líquido, encresparse y dar contra las paredes del borde de la caldera provocando un estallido de chispas. La leyenda dice que un cura en el tiempo de la conquista española, convencido de que aquello era oro fundido, bajó hasta el cráter a introducir en la corriente un recipiente de metal para sacar el oro que fluía allí abajo solo para terminar con una costra dura y negra de lava en su olla maltrecha. Se supone que también los nativos nicaragüenses ofrecían sacrificios humanos al volcán. Durante el tiempo de la dictadura somocista, los torturadores a su servicio lanzaron allí el cuerpo de un militar que se pasó a las filas del Frente Sandinista: David Tejada Peralta.

Otro volcán, el Cerro Negro, entra en actividad de vez en cuando y da lugar a un bellísimo espectáculo. El fuego brota de su cúspide y salta rojo hacia el cielo como una fuente ígnea. Las familias, al caer la noche, van en romería a un punto de la carretera, armadas de sillas, vituallas, bebidas y mesas de picnic, a contemplar el show del volcán.

Porque vivimos sobre fuego, la tierra a menudo tiembla y se acomoda bajo nuestros pies. En el transcurso de los siglos se ha abierto para llenar de agua los cráteres y fisuras que hoy forman lagunas profundas y lagos enormes. El lago de Nicaragua, por ejemplo, apenas un poco más pequeño que el lago Titicaca, el mayor de Sudamérica, mide 8,624 km^2 y está florecido de islas y misterio. Los conquistadores españoles, creyendo que se habían topado con el mar, lo bautizaron como La Mar Dulce y se dieron a explorar el llamado «estrecho dudoso» que uniría el Mar del Sur, o Pacífico, con el Mar del Norte, o

Caribe. El estrecho existía. Era el río San Juan, que va del Atlántico a desembocar en el lago. Por ese río, hasta el pirata Morgan bajó a incendiar Granada, la bella ciudad colonial que a orillas del lago fundó Francisco Hernández de Córdoba en 1524. En ese mismo río, Horacio Nelson dirigió batallas de la flota inglesa contra la flota española, que le ganaron la notoriedad que luego lo llevaría a vencer a Napoleón en la batalla de Trafalgar.

Nicaragua es también un país tropical, de árboles enormes y verdes intensos. Uno de esos árboles es la ceiba, un árbol tan majestuoso y alto que los antiguos mayas creían que sobre ellos se sostenía el mundo. Y están también los malinches, que durante el mes de mayo florecen naranjas y rojos como llamaradas a la orilla de los caminos, y que el resto del año se llenan de vainas que explotan con sonido de petardos para dispersar sus semillas. Hay un dicho nicaragüense que compara el Malinche con el matrimonio: «primero solo flores y después solo vainas».

Desde joven desarrollé una relación íntima con todas esas particularidades de Nicaragua. Es difícil explicar cómo un paisaje puede ejercer un magnetismo físico, pero no miento si digo que este país no es para mí una idea o una abstracción. Tengo una relación íntima, por ejemplo, con los vientos alisios que soplan desde mediados de diciembre. Ellos llegan de pronto y se aparean con unas florecitas amarillas silvestres que crecen a la orilla de los caminos. Sentir los vientos es saber que ellas estarán allí, que florecerán además unos árboles que se cunden de chirriones de flores amarillas. El árbol se conoce como cañafístula. Ignoro por qué tiene ese nombre que no evoca en absoluto su hermosura. Esos vientos se llevan las lluvias de la estación que llamamos invierno, pero que más podría compararse con la primavera. Es que al marcharse las lluvias y empezar la estación seca, que va de noviembre a mayo, el resplendente verdor va apagándose lentamente. Llegados marzo y abril, los bosques, la tierra, se amarillan y sufren de sed. El paisaje se transforma. Muchos árboles se quedan sin hojas. Es el tiempo de las quemas en los potreros, tiempo de las lunas rojas que reflejan los incendios y la atmósfera caliente. Hacia abril, la necesidad de la lluvia duele en el cuerpo y uno añora las nubes negras que la presagian, y se alegra con los remotos relámpagos. Cuando empecé a escribir poesía, me refería al invierno como una estación de verdor y plenitud, sin percatarme de que, en las traducciones, para alguien de inviernos fríos, mis descripciones no tendrían mucho sentido.

Los vientos alisios me recuerdan los meses que pasé en cama a los nueve años cuando enfermé de hepatitis. Soplaban fuera en el jardín y hacían que las persianas de madera de mi cuarto tomaran vida propia sonando a ratos como marimbas de una sola nota desafinada y grave. Esa enfermedad me enrumbó definitivamente a la lectura. Leí mucho y pasé feliz, pues la receta implicaba reposo y muchos dulces. Mi papá llegaba de su oficina a medio día y a menudo me traía libros. Entre ellos, una colección a la que nos suscribió llamada *Lo sé todo*, que tenía gráficos en colores e historias de la mitología, datos sobre geografías exóticas y lejanas, personajes históricos. No sé si fue en esa enciclopedia, o en otra llamada *El Tesoro de la Juventud*, que me leí de cabo a rabo, donde supe que los que soplan en Nicaragua, en los primeros meses del año, son los vientos alisios. Me encantó el nombre porque lo relacioné con *Alicia en el País de las Maravillas* y, en mi imaginación, ella era la que los comandaba y los mandaba a soplar por todo el mundo.

Managua, mi ciudad, tiene los más espectaculares atardeceres y es la capital de las nubes más espesas y blancas, no sé si del mundo, pero al menos de Centroamérica. Pienso que el hecho de que haya tres lagunas dentro de la ciudad y que la ciudad esté construida en la ribera del lago de Managua o Xolotlán, contribuye a este fenómeno. Una de las suertes más grandes que he tenido en mi vida fue la de encontrar y poder comprar una casa que tiene una vista espectacular de la ciudad, el lago y la cadena de volcanes en la ribera opuesta. Antes de casarnos, mi esposo y yo queríamos comprar una casa. Vimos muchas y estábamos descorazonados pues ninguna nos gustaba. Una tarde, recién retornados de una de mis giras por Alemania, la agente de bienes raíces nos llamó y nos dijo que en la zona donde queríamos vivir se había puesto en venta una casa. Fuimos por no dejar. Al llegar solo vimos un alto muro cubierto de buganvilias, pero no bien entramos a la propiedad, el paisaje nos dejó mudos. ¡Ese era el paisaje que yo veía de niña cuando pasaba vacaciones con unos tíos en lo alto de las sierras de Managua! ¡Ese panorama era mi noción de patria! No nos importó que la casa estuviese en mal estado, que fuera extraña y con muchos añadidos. Pudimos comprarla a buen precio. La hemos remodelado en dos ocasiones. Regresamos a Nicaragua en 2013 a vivir. No ceso de darle gracias a la vida que me dio esta ancha ventana sobre tan hermoso horizonte.

Cuando triunfó en 1979 la Revolución Sandinista y pude regresar del exilio donde viví desde diciembre de

1976, fue quizás cuando comprobé esa curiosa relación simbiótica entre mi cuerpo y la geografía de mi país. Venía con un grupo de compañeros desde Costa Rica, en un avión DC-3, viejo y destartalado, que nos facilitó un colaborador del FSLN. Traíamos 40 000 ejemplares del primer periódico de nuestra revolución triunfante, que fue impreso y preparado en Costa Rica el mismo 19 de julio. El piloto nos avisó cuando entramos al espacio aéreo de Nicaragua. Vi el verdor desde la ventana y tuve la clara sensación de que mi alma y mi cuerpo volvían a estar juntos, volvían a acoplarse. Jamás olvidaré la levedad de esa seda que, como un guante, me envolvió. En los años que viví en Estados Unidos, experimentaba la misma sensación cada vez que regresaba a Nicaragua.

Más tarde, desde la plazoleta de la llamada Loma de Tiscapa, donde se encontraba el búnker de Somoza, tuve otra experiencia mirando el paisaje: fue la de haber recuperado mi país, sentir que era mío como un amante perdido y vuelto a encontrar.

[Conferencia dictada en la Cátedra Alfonso Reyes, Universidad Tecnológica de Monterrey, octubre de 2012.]

Carta abierta a Rosario Murillo

El despliegue vergonzoso de un discurso lleno de falsedades, urdido por usted, y pronunciado por sus cabezas parlantes en la mesa del Diálogo Nacional, ha colmado mi tolerancia y la de muchos nicaragüenses, testigos de la actuación desalmada de los paramilitares y policías que usted y su esposo han enviado a matar personas desarmadas. Después de 200 muertos de este pueblo que usted dice «amar», ¿no le parece que llegó la hora de mirar a su alrededor, salir del Carmen* e ir a hablar con las personas que dice representar?

Vaya a los tranques de la heroica Masaya para que se dé cuenta de qué piensan de usted y su marido. No debe tener miedo. La gente no es asesina, su pueblo no es asesino. Los asesinos están armados y ordenados por usted y su compañero comandante. Los hemos visto pasar

* El Carmen es el complejo de oficinas del FSLN y residencias donde viven y despachan el presidente y su esposa. A pesar de que existe una Casa Presidencial, Daniel Ortega desde el inicio ha presidido el país desde las oficinas de su partido.

por los barrios, pasar en camionetas Hilux, detrás de las unidades de policía, armados hasta los dientes y con la licencia para matar que ustedes les han suplido. Dieciocho camionetas cargadas de sus matones y escoltados por la policía, pasaron hoy por el Barrio Santa Rosa. Están filmados. En estos tiempos, no queda oculta ni la oscuridad de sus corazones, los verdaderamente tenebrosos, que con violencia inaudita han querido dominar este país.

Señora Rosario Murillo: se ha pasado once años y más pronunciando discursos empalagosos donde quiere aparentar preocupación y «amor» por este pueblo. Se ha pasado ordenando y desordenando nuestro sistema de gobierno, atropellando nuestra libertad y nuestra democracia. Ha creído que embrujaría a sus oyentes con sus prédicas seudorreligiosas, pero doña Rosario, ¿acaso no se ha percatado de que fracasó, de que no le creímos? La última encuesta de Cid Gallup registra que el 70% de la población quiere que se vayan. Mire qué rápido se revelaron los verdaderos sentimientos del pueblo nicaragüense cuando perdieron el miedo y se atrevieron a hablar la verdad de sus corazones.

Doña Rosario, ¿acaso usted no vio la respuesta nacional al paro general del 14 de junio? ¿No vio los negocios cerrados, las calles desoladas en las ciudades y los pueblos del país, la gente gritándole con su silencio que ya está harta de sus falsedades y su fingida religiosidad? ¿Y qué piensa que motivó a tantos ciudadanos súbditos suyos a botar las arbolatas que nos impuso como decorado excesivo y derrochador de Managua? ¿No copió ese mensaje inequívoco de rechazo a su persona?

Usted ha sido responsable en gran medida de lo que está sucediendo en este país, de los 200 muertos y más de 2000 heridos y más de 400 desaparecidos de estos dos meses. Sin embargo, manda a sus delegados al diálogo a hablar de los pocos muertos y heridos que han sufrido ustedes. Los lamentamos, pero era de esperarse, doña Rosario. Tras más de 150 muertos, no es posible que el pueblo no reaccione a pesar de su voluntad de paz, pero usted y sus acólitos no ven eso. Llegan con sus nombres y sus testimonios a querer hacerse las víctimas de los desmanes que ustedes mismos han cometido. ¿Cómo no revolverse uno al oír a la ministra de Salud, Sonia Castro, decir que a nadie se le ha impedido ingresar a los hospitales, que a nadie se le ha negado el auxilio, cuando hay pruebas y muertos que atestiguan cómo se les negó atención médica a los jóvenes estudiantes? ¿Cómo pueden pedir un minuto de silencio por los muertos como Álvaro Conrado, de 15 años, que murió porque se le negó el acceso al Hospital Cruz Azul? Yo vi a la ministra Castro negar la entrada de los estudiantes de medicina al hospital de León como represalia por haber participado en las protestas. Los rechazos de los hospitales están grabados por la población. No son fantasías de las víctimas.

La única que sigue aferrada a la fantasía de que el pueblo quiere la clase de paz y amor que su régimen le ofrece es usted, señora Murillo. Desde sus canales de TV y sus medios, ha usado desde el primer día sucias técnicas de propaganda para convertir a la población descontenta en «bandas delincuenciales de la derecha». Quiere convertir al pueblo que protesta en enemigos para poder matarlos y pedir a otros que los maten sin piedad. Esas técnicas de deshumanizar a quienes conciben como «enemigos» se usaron efectivamente contra los judíos en la Alemania nazi. Usted también usa aquello de que «una mentira repetida suficientes veces se convierte en verdad». Usted repite a diario y hasta la saciedad esta mentira de que quiere la paz mientras manipula la realidad para acusar a gente inocente del crimen de desear que abandonen el poder.

¿No se ha dado cuenta, señora Murillo, de que esta rebelión popular se ha extendido a todo el territorio nacional, que el pueblo mismo se ha organizado sin más liderazgo que el de sus propios líderes comunitarios para hacerle frente a la violencia que desataron desde el 18 de abril? Fueron ustedes, su Juventud Sandinista y sus motorizados matones, los que reprimieron con palos y patadas a los estudiantes. Fueron ustedes los que luego, cuando se refugiaron en las universidades, los mandaron a matar con francotiradores certeros que les dispararon sin asco a la cabeza, disparos a matar claramente, expuestos en las tomografías de los cadáveres de chavalos de veinte y menos años.

Su crueldad, su odio disfrazado con piel de oveja cuando habla, ya no se le escapa a nadie, señora Murillo. Usted ha escrito la página más negra en la historia del FSLN, ha ensuciado su historia, ha vuelto a matar a todos los héroes y mártires que lucharon porque en Nicaragua no hubiese más dictaduras. La estamos observando, señora Murillo. Somos muchas «hormiguitas» las que estamos viendo el actuar desalmado y sanguinario de usted y su marido. Lo estamos viendo y jamás lo olvidaremos.

Si ha tratado con desprecio y sin un ápice de amor a su hija Zoilamérica, carne de su carne y sangre de su sangre, no nos debería extrañar que usted y su marido hayan sido capaces de ordenar la masacre del 30 de mayo; que sea capaz de tantas atrocidades. Pero usted ha sobrepasado lo más negro que pudimos esperar y somos muchos los testigos de su absoluta falta de misericordia y cordura.

Le pedimos que deje de hablar falsedades y mire la realidad. Salga a los tranques, hable con su pueblo. Entérese de que la realidad cambió y de que en esta realidad sus palabras huecas la están hundiendo cada vez más.

[Esta carta fue publicada en *Confidencial*, Managua, 17 de junio de 2018.]

Funesta celebración

Este 19 de julio de 2018 estoy en una Nicaragua muy distante a la de aquella fecha que hoy se celebra. Cada uno de estos treinta y nueve años, he empezado el día recordando a mis amigos muertos. La sensación de pérdida de tanta gente buena e idealista caída en la lucha contra la dictadura somocista sigue doliendo como aquel 19 de julio de 1979, cuando vestida de verde olivo, con mi pañuelo rojinegro al cuello, recorrí en la trasera de un camión la Managua jubilosa. Lloré mucho recorriendo las calles llenas de gente que nos vitoreaba. Lloré por todos los que no verían ese sueño cumplido. Hoy, en cambio, siento alivio de que no llegaran a ver lo que ha pasado con su revolución. Desde el 18 de abril, los nicaragüenses hemos vivido lo que jamás debió repetirse.

En 2007, cuando Daniel Ortega ganó las elecciones, muchos de sus compañeros de antaño, que conocíamos en carne propia su capacidad de intriga y su filosofía de que el fin justifica los medios, temimos su llegada al poder. Llegó por medio de pactos, vestido de blanco, casado por la Iglesia y hablando como un converso. Hizo lo que consideró necesario para persuadir al electorado de que ya no era el mismo. Se envolvió en las consignas que su esposa acuñó inspirada en su pasado hippie: *paz y amor* y la canción *Give peace a chance* de los Beatles, con otra letra: «Lo que queremos es trabajo y paz». El truco le funcionó. Ganó y logró amansar y hasta seducir al gran capital. Usó discrecionalmente la ayuda millonaria venezolana para consolidar con programas asistenciales una masa votante.

Durante once años, pareció invencible. Logró dividir a la oposición, impidió con argucias legales la participación de partidos legítimos y dominó el poder electoral para obtener resultados favorables. Pero todo el maquillaje, el ropaje, cayó cuando tuvo que enfrentar las consecuencias de la brutal represión con que intentó acallar las protestas del 18 de abril. En tres días, veintitrés personas, estudiantes la mayoría, fueron asesinadas. Nicaragua, conmovida, despertó y mostró el descontento que calló durante once años. De las grandes ciudades a los pequeños pueblos, la protesta contra un decreto derivó en un grito unánime: «¡Que se vayan!».

Inicialmente sorprendido, se mostró conciliador. Llamó a un diálogo con la mediación de la Conferencia Episcopal y dejó correr la euforia de la población, que por unas semanas se sintió capaz de convencerle de que debía marcharse, que debía dejar su ambición de perpetuarse en el poder o de instalar otra dinastía a través de su esposa, la vicepresidenta. Pero el verdadero Daniel Ortega no resistió mucho tiempo el desafío. Mientras el diálogo le ganaba tiempo, él se preparó para aplastar la rebelión. Sistemáticamente, pueblo por pueblo, con un ejército de paramilitares encapuchados, dominó, sin reparar en el costo humano, las barricadas que el pueblo levantó. Contra morteros, hondas, piedras y unas pocas pistolas artesanales, arremetió con armas de guerra.

En tres meses más de trescientos nicaragüenses, en su mayoría hombres jóvenes, murieron asesinados. Otro tanto ha sido detenido y acusado sin debido proceso. Hay cientos de heridos y desaparecidos. Y la cuenta sube a diario. Aunque él evade su responsabilidad, el pueblo ha filmado con sus teléfonos los atropellos y sabe quién es el responsable. La condena de la comunidad internacional tardó, pero llegó al fin. Veintiún países representados en la OEA condenaron su actuación el pasado miércoles 18 de julio. Este 19 en la plaza, sin embargo, en la celebración del XXXIX aniversario, ignoró los muertos del pueblo.

Leyó solamente los nombres de los pocos policías caídos en la ola de violencia que él mismo desató. Acusó a los sacerdotes de golpistas, de guardar armas. Demonizó a quienes se le oponen llamándolos satánicos, terroristas y delincuentes. Calificó de golpe la rebelión, la atribuyó a intereses externos. Flanqueado en la tarima por invitados de Cuba y Venezuela, repitió su discurso de paz y llamó a sus partidarios a defender esa paz mortífera a toda costa. La rebelión ha amainado, reducida a sangre y fuego, pero él, como el cuento de Anderson, «El traje nuevo del emperador», ha quedado desnudo, ha revelado su esencia de dictador ante su pueblo atribulado y el mundo

[Publicado en *El País*, Madrid, 21 de julio de 2018.]

El espíritu dariano de la rebelión nicaragüense

Temblad, temblad, tiranos, en vuestras reales sillas,
ni piedra sobre piedra de todas las Bastillas mañana quedará.

Tu hoguera en todas partes, ¡oh Democracia!, inflamas,
tus anchos pabellones son nuestras oriflamas
y al viento flotan ya.

Rubén Darío (1867-1916)

Una y otra vez los nicaragüenses, como tercos Quijotes, hemos buscado luchar contra la tiranía. Hay quienes atribuyen este espíritu libertario a héroes guerreros, como el caso del general Augusto César Sandino, padre del sandinismo. Yo sostengo que el mayor héroe que ha tenido Nicaragua ha sido alguien que jamás disparó un arma, pero que nos llenó de sueños la cabeza. Se trata de un poeta, un gran poeta: Rubén Darío. Curioso que la fecha de su natalicio, el 18 de enero, coincida incluso con la fecha en que se cumplen nueve meses del inicio de las protestas del 18 de abril de 2018 en Nicaragua. Obvio que esta coincidencia es una casualidad, pero la menciono porque intento conjurar la figura de Darío y su legado como un componente esencial del ser nicaragüense y del poético espíritu aguerrido de nuestra rebelde idiosincrasia.

Desde su muerte en 1916, Rubén Darío se convirtió en lo que un poeta de la generación de los años 60 llamó «paisano inevitable» y es que, en un país de héroes controvertidos, amados por unos y despreciados por otros —a Sandino, Somoza lo llamaba «bandolero»—, Rubén Darío era una figura de enorme prestigio y fama en Hispanoamérica. Fue así como no hubo gobernante que no se preocupara por enaltecerlo, por convertirlo en símbolo e ícono de la cultura nacional.

Durante el largo período de la dictadura dinástica de los Somoza, de 1936 a 1979, el régimen destacó el lado afrancesado del poeta, lo presentó vestido de toga romana con corona de laureles en la cabeza, rodeado de cisnes y ninfas. Cada año se le conmemoraba eligiendo una bella «musa dariana», en medio de una ceremonia donde abundaban liras de papel dorado cubiertas de flores y donde se declamaban con exagerados gestos y melodrama los poemas más fantasiosos del poeta. Uno, por ejemplo, «Margarita está linda la mar», dedicado por Darío a la cuñada de Somoza —y no por esto menos bello e imaginativo—, nos lo aprendíamos de memoria en el colegio y, para decirlo, repetíamos los ademanes cursis de los recitadores que veíamos en estas atroces ceremonias.

Pero estas faustas y fatuas festividades no lograron ocultar la calidad de su obra, ni apagar la veneración por su palabra. Quienquiera que se acercara a la fantasía de su poesía terminaba descubriendo la fuerza de sus escritos, cargados de orgullo por el pasado indígena de las Américas, su rechazo a la injerencia imperial de Estados Unidos en su época, y su condena a la explotación de muchos y el enriquecimiento de pocos. En los años de la Revolución Sandinista, este fue el Darío que sustituyó al de los faunos y las ninfas.

Hasta que en los años 60 Carlos Fonseca, fundador del FSLN, sacó a Augusto C. Sandino de la oscuridad de la historia, Nicaragua no tuvo más héroe que Darío. De allí que en el país no solo haya más poetas por metro cuadrado que en ningún otro país latinoamericano, sino que el romanticismo del sentimiento poético se haya transferido a la lucha política, dándole el carácter épico y original que sedujo a la opinión mundial y a la solidaridad internacional.

La frase de Darío «Si la Patria es pequeña, uno grande la sueña», está en el corazón de nuestras rebeliones. Esa aspiración animó nuestra resistencia a aceptar la pequeñez y mezquindad de la dictadura somocista. Es la misma que ahora ha sublevado a la población a levantarse para impedir esta nueva dictadura que Ortega ha venido imponiendo desde su retorno al poder en 2007 y que irónicamente ha heredado y hasta hecho palidecer la de Somoza. Es el espíritu de la poesía el que se manifiesta en el arrojo desafiante de este pequeño país que otra vez, ahora desarmado y enfrentando cívicamente la represión desmedida del orteguismo, emociona y conmociona a la comunidad internacional con su decisión de no ceder en su largamente negada demanda de libertad y democracia.

Igual que en su vida real, Darío y su pueblo se enfrentan otra vez a la adversidad, a un exrevolucionario devenido en tirano y a una mujer que se llama igual que la influencia más negativa que persiguió al poeta hasta el fin de sus días: la de su segunda esposa, con quien lo casaron a la fuerza: Rosario Murillo. Así de irónica puede ser la poesía de la historia.

[Publicado en *The New York Times*, Nueva York, 18 de enero de 2019.]

Un viaje al cruento pasado

Durante cinco años (2007-2012), escribí un blog en *Nuevo Diario*, que concebí como una bitácora para seguir los pasos de Daniel Ortega en su retorno al poder. Temía lo que iba a suceder. Desde la campaña electoral tuve la certeza de que, si lograba recuperar la presidencia, no volvería a dejarla ya más, que usaría cualquier subterfugio para conservarla. No me convencían los que decían que, en la Nicaragua surgida después del 90, ya él no podría enraizarse en el poder. Dejé de escribir ese blog en 2012, cuando me sobrevino una deprimente sensación de derrota, de impotencia. El orteguismo avanzaba indetenible, se apropiaba de la conciencia del país, se infiltraba en todos los sectores de la sociedad como un aceite corrosivo para el que parecía no haber antídoto.

Regresé en 2013 a vivir de fijo en Nicaragua, después de una larga temporada en el exterior. Participé en el Grupo de los 27, en denuncias, en marchas en apoyo a los campesinos que protestaban por el canal, pero me entristecía que siempre fuéramos la misma gente en las protestas, que rara vez las convocatorias juntaran multitudes.

En entrevistas a medios dije varias veces que lo de Ortega era una «dictablanda». Lo dije pues no veía que estuvieran gobernando contra la voluntad de la mayoría, ni tampoco con el nivel de represión y violencia que vivimos en Nicaragua con los Somoza. Me causaba extrañeza tanto la complacencia del capital con el régimen como la apatía y el aparente desprecio a la política que expresaban los jóvenes. Sin embargo, en 2016, el día de las elecciones presidenciales, cuando salí a recorrer Managua para ver con mis propios ojos el nivel de abstención que se rumoraba, y vi los centros de votación vacíos, las calles dormidas de un domingo cualquiera en la ciudad, empecé a albergar dudas sobre mi pesimismo. Aquello era una señal clara de disonancia entre la apariencia y la realidad. Quizás Ortega, pensé, había traspasado el límite de tolerancia al reelegirse una vez más, impedir la concurrencia del Partido Liberal Independiente (PLI) a los comicios, e invocar el fantasma de la dinastía eligiendo sin escrúpulos a su esposa como compañera de fórmula.

El 2 de abril de 2018 viajé de Nicaragua a Italia, invitada a un festival de poesía y luego a pasar un mes con una beca en una residencia para escritores cerca de Génova, donde pensaba escribir un guion de cine basado en mi novela *Waslala*. Llegué a la residencia el 16 de abril. La idea de pasar un mes concentrada en mi trabajo terminó dos días después. Desde el 18 de abril, Nicaragua, la nación aparentemente embrujada por el discurso empalagoso y diario de amor, cristianismo y progreso de su vicepresidenta, reveló en pocos días el disgusto y hartazgo que venía guardando. La pareja Ortega Murillo, en su afán mesiánico de proponerse como únicos guías hacia la tierra prometida y cerrar todas las avenidas cívicas para la alternancia de poderes y el cambio, se vio confrontada de repente por una explosión social sin precedentes. Esta vez, en primera fila, no estaban las caras conocidas de la generación de los 70 y 80 sino las de jóvenes universitarios. Igual que muchos, gracias a la tecnología de los celulares, vi horrorizada la paliza que motorizados y viejos disfrazados de «Juventud Sandinista» le propinaron en el Camino de Oriente al primer grupo que protestó. El método era similar a la represión en 2013 contra OcupaINSS, pero esta vez el abuso de fuerza, la impavidez de la policía se dio a plena luz del día y las inequívocas filmaciones de la barbarie se hicieron virales en minutos.

Los círculos concéntricos del rechazo a esa violencia crecieron exponencialmente. Salieron más estudiantes y empezaron los disparos. Veintitrés asesinados en los primeros días. Como un filme de terror, vimos muchachos y muchachas atrincherándose en las universidades, buscando refugio en la Catedral de los feroces antimotines. Vimos a Alvarito Conrado empezar a morir sin poder respirar. Vimos un régimen actuar sin freno ni compasión. Inicialmente pudo pensarse que su cálculo era que un severo castigo y el miedo cortarían de tajo la rebelión. Pero no se detenían. Crecía la furia del pueblo y aumentaban los balazos. Cuando Ortega retiró la reforma a la ley del Seguro Social, cuando días después llamó al diálogo, ya eran 65 los muertos, ya la rebelión se había extendido a todo el país y la memoria histórica de enfrentar una dictadura alzó otra vez las barricadas y erigió cientos de tranques.

Viene a la mente la frase de Dickens: «Fue el más cruel de los tiempos, fue el mejor de los tiempos». De las muertes, surgía la voz de las mayorías, la fuerza silenciada del clamor popular repudiando el omnímodo poder. Grandes marchas azul y blanco al grito de «¡Que se vayan!» ocupaban las avenidas. La tibieza, el miedo y la indiferencia dieron paso a la embriaguez de la libertad de expresar lo que el temor o la indiferencia o hasta la conveniencia había ocultado. El pueblo se hizo presidente y exigió la dimisión de Ortega y Murillo.

Pienso que la respuesta de ellos y de los acomodados sesentones que algún día fueron héroes sandinistas sorprendió no solo a Nicaragua, sino al mundo. En pocos meses, una generación que no había conocido la violencia se enfrentó con la muerte, la cárcel, las torturas, las heridas, la impiedad del rechazo en los hospitales. La «compañera» siguió hablando vanamente de amor, pero todas las máscaras caían cuando las caravanas de paramilitares entraban a los pueblos a matar.

Se ha dicho, y algunos hasta lo hemos pensado, que las protestas contra el incendio de Indio Maíz, contra la reforma del Instituto Nicaragüense de Seguridad Social (INSS), de no ser por la violencia empleada para reprimirlas, no habrían detonado semejante respuesta popular, pero, a la luz de cuanto ha acontecido, pienso que la explosión se habría dado tarde o temprano. Ortega y Murillo, tan seguros de sí, ya habían perdido la vergüenza, la mínima cautela. El descaro de su proceder legislativo era un juego de apariencias que ya a nadie engañaba. Olvidaron la historia y, sobre todo, la inteligencia y sagacidad de los nicaragüenses. Pensaron que a punta de luces y fanfarrias nos cegarían y terminaron siendo ellos los ciegos. Como ciegos actuaron, dando palos a diestra y siniestra, desatando sobre un pueblo, que no se esperó el nivel de crueldad y saña que le dispensaron, la represión más feroz que se ha visto en décadas en Latinoamérica.

Se cumple un año de esa masacre, de esa «hazaña» represiva de la que bufones a su servicio hacen alarde, pero la cacería de jóvenes continúa desenfrenada e indetenible. En un año, Ortega y Murillo despilfarraron los restos del sandinismo antidictatorial, y desnudaron su patológica relación con el poder personal. El pueblo observa, insiste en sus demandas, pide que le devuelvan a sus cientos de presos, se sienta a dialogar, pero ellos siguen ciegos, tienen miedo, se refugian tras uniformes y fusiles, siguen construyendo la pesadilla que temen y cada día se despojan más y más de su humanidad.

De mi viaje a escribir en otro país, regresé al desolado y sufrido país de mi juventud, otra vez bajo una dictadura, otra vez invencible en su rebeldía.

[Publicado en *Confidencial*, Managua, 11 de abril de 2019.]

La soledad de los pueblos

Llega alguna vez el momento en que los pueblos nos quedamos solos y uno se pregunta qué pasó con nuestra civilización. No olvido el genocidio en Ruanda, la destrucción de Alepo, las huelgas de hambre hasta la muerte en Turquía, los asesinatos en México, el desigual enfrentamiento entre Israel y Palestina, las recientes muertes en Colombia. La lista es larga. ¿Dónde está el mundo civilizado cuando suceden estas iniquidades?

En Nicaragua, desde la rebelión iniciada el 18 de abril de 2018, no hemos tenido paz. Tras la violenta respuesta del gobierno de Daniel Ortega, en la última semana, hemos vivido una atrocidad sin muertes, pero no por esto menos atrocidad. Cristiana Chamorro, hija de una familia de larga tradición antidictatorial, ha sido el centro del rábido ataque de las fuerzas de la dictadura de Daniel Ortega y Rosario Murillo. Ella dirigió por veinte años la Fundación Violeta Barrios de Chamorro, nombrada así por su madre, que fue presidenta del país de 1990 a 1995. Esta Fundación fue creada en memoria de su padre también, el periodista Pedro Joaquín

Chamorro, asesinado por el somocismo el 10 de enero de 1978, por su labor opositora al frente del periódico *La Prensa*. La misión de la Fundación era apoyar al sostén, modernización y capacitación del periodismo independiente.

Cristiana es una mujer carismática. Su anuncio de que se proponía ser candidata a la presidencia en las elecciones del 7 de noviembre de 2021 recibió la aprobación popular. Ella es la candidata que sobresale en las encuestas y que tiene la mayor aceptación entre los varios candidatos de la oposición que apuestan a cambiar el régimen dictatorial de Ortega y su esposa, la vicepresidenta Rosario Murillo.

El día 25 de mayo, de manera inesperada, aunque anunciada en discursos hostiles del presidente y su esposa, Cristiana Chamorro fue citada al ministerio público para responder por el delito de «lavado de dinero» de su Fundación. Veintisiete periodistas que recibieron apoyo de la Fundación han sido llamados como «testigos» contra esta. Los primeros tres —dos trabajadores de la ONG y la periodista corresponsal de Univisión, María Lily Delgado—, ante su insistencia de ser acompañados por un abogado, como está escrito en la Constitución del país, fueron avisados por la Fiscalía que pasaban de ser testigos a estar implicados en la investigación. Tanto a Cristiana Chamorro como a estas personas se les congelaron sus cuentas bancarias.

Este viernes, el contable y el administrador financiero de la Fundación fueron detenidos y sacados de sus casas, sin orden judicial. Según las leyes recientemente aprobadas, el Estado tiene derecho a encarcelar a los «investigados» por noventa días. En una rápida comparecencia ante un juez, luego de estar desaparecidos, les aplicaron este período de detención. Podemos suponer que estos dos hombres experimentarán todo tipo de amenazas y castigos, a menos que produzcan evidencias o declaraciones que enturbien la inocencia de Cristiana. Ya la United States Agency for International Development (USAID), proveedora de gran parte de estos fondos, junto con agencias como la Cooperación Suiza y Oxford Committee for Famine Relief (OXFAM), ha emitido declaración de que no ha existido lavado de dinero en el manejo de sus fondos de cooperación. Esta acusación contra Cristiana Chamorro no es más que una burda maniobra para inhibir sus posibilidades de ser candidata a la presidencia.

El mismo día que acusaron a Cristiana, la policía entró en la oficina de su hermano Carlos Fernando Chamorro, periodista y reciente ganador del Premio Ortega y Gasset, y procedió a sustraer cámaras, computadoras y documentos sin ninguna orden legal ni justificación. Fue la segunda vez que lo despojan. En diciembre de 2018, el local de su medio de comunicación y todo su contenido fue confiscado ilegalmente.

Estas acciones de Ortega y Murillo marcan una nueva etapa de la represión a que nos tienen sometidos como pueblo nicaragüense. Es, de hecho, una declaración de que manejarán las elecciones a su antojo. La ley del país ya dejó de obedecer a los códigos y a la Constitución y funciona ahora según los designios de estas dos personas. De hecho, otros dos candidatos electorales fueron avisados por la policía que no pueden salir de sus casas; un mandato arbitrario e inaudito en un período electoral.

Lo que aquí expongo es del conocimiento de Naciones Unidas, de la Comisión Interamericana de Derechos Humanos de la OEA, de Amnistía Internacional, de la Unión Europea y del gobierno de Estados Unidos. Estos últimos dos poderes han aplicado ya sanciones económicas y restricción de visas a una serie de personeros de la dictadura Ortega-Murillo. Igual que Venezuela, a quien el repudio internacional parece no hacerle mella, Ortega y su mujer parecen estar dispuestos a soportar cualquier censura o presión internacional con tal de mantener el poder.

Nicaragua, que solo logró derrotar con una guerrilla armada y una insurrección popular a la dinastía somocista que duró cuarenta y cinco años, ha optado esta vez por la lucha cívica y pacífica. Por desgracia, esa determinación parece condenada al fracaso, pues el pueblo tiene prohibido salir a manifestarse en las calles y cualquier intento de hacerlo es aplastado por la enorme y letal fuerza policial de la dictadura.

Los ataques cotidianos a nuestra libertad y dignidad ciertamente que convocan expresiones de condena de los organismos internacionales al gobierno de Ortega, pero como pueblo vivimos la soledad de nuestra indefensión. La vivimos como cada país que es dominado y abusado por dictaduras o gobiernos autócratas; nuestras tribulaciones aparecen en el mundo, si acaso por instantes, en las pantallas de TV o en las redes sociales.

El dolor de muchos se ha convertido en espectáculo y el mundo «civilizado» que pensamos habitar se encuentra sin respuestas.

[Publicado en *Diario Público*, Madrid, 29 de mayo de 2021.]

El temor actual de los nicaragüenses

¿Vendrán por mí? ¿Qué se sentirá ser encarcelada por la misma gente con la que peleé hombro a hombro para derrocar la dictadura de cuarenta y cinco años de los Somoza en Nicaragua, mi país?

En 1970, me uní a la resistencia urbana clandestina del Frente Sandinista de Liberación Nacional, conocido como FSLN. Tenía 20 años. La larga y sangrienta lucha para librarnos de Anastasio Somoza Debayle ahora es un recuerdo que produce un orgullo agridulce. Alguna vez fui parte de una generación joven y valiente dispuesta a morir por la libertad. De los diez compañeros que estaban en mi célula clandestina, tan solo sobrevivimos dos. El 20 de julio de 1979, tres días después de que Somoza fuera expulsado gracias a una insurrección popular, entré caminando a su búnker en una colina desde donde se veía Managua, llena del sentimiento de haber logrado lo imposible.

Ninguna de esas ilusiones sobrevive el día de hoy. En retrospectiva, para mí está claro que Nicaragua también pagó un costo demasiado alto por esa revolución. Sus jóvenes líderes se enamoraron demasiado de sí mismos, pensaron que podíamos superar todos los obstáculos y crear una utopía socialista. Miles murieron para derrocar a Anastasio Somoza y muchos más perdieron la vida en la guerra de los contras que le siguió.

Ahora que las elecciones de noviembre se acercan cada vez más, la pareja Ortega-Murillo parece poseída por el miedo de perder el poder. Atacan y encarcelan a quien consideren un obstáculo para ellos. En las últimas semanas, encarcelaron a seis candidatos presidenciales y arrestaron a muchas personas más, entre ellas a figuras revolucionarias prominentes que alguna vez fueron sus aliadas. El mes pasado, incluso, fueron tras mi hermano. Para evitar ser capturado, huyó de Nicaragua. No estaba paranoico: tan solo unos días más tarde, el 17 de junio, más de una veintena de policías armados hicieron una redada en su casa; lo estaban buscando. Su esposa estaba sola. Buscaron en cada rincón y se fueron después de cinco horas.

La noche siguiente varios hombres enmascarados y armados con cuchillos y un rifle entraron a robar a su casa. Se escuchó a uno de ellos decir que era un «segundo operativo». Otro amenazó con matar a su esposa y violar a mi sobrina, que había llegado para pasar la noche con su madre. Ortega y Murillo parecen estar usando la forma más cruda de terror para intimidar a sus opositores políticos.

Ahora, los nicaragüenses nos encontramos sin ningún recurso, ninguna ley, ninguna policía que nos proteja. Una ley que le permite al Estado encarcelar hasta por noventa días a las personas que estén bajo investigación ha remplazado el *habeas corpus*. La mayoría de los presos no ha podido ver a sus abogados ni a sus familiares. Ni siquiera estamos seguros de dónde los tienen detenidos. Por las noches, muchos nicaragüenses se van a la cama con el temor de que su puerta sea la siguiente que derribe la policía.

Soy poeta, soy escritora. Soy una crítica manifiesta de Ortega. Tuiteo, doy entrevistas. Con Somoza, me juzgaron por traición. Tuve que exiliarme. ¿Ahora enfrentaré la cárcel o de nuevo el exilio? ¿Por quién irán después?

[Una versión en inglés, más extensa, fue publicada en *The New York Times*, Nueva York, agosto de 2021.]

La crueldad también viste faldas

Como mujer feminista que soy, suelo imaginar que el mundo estaría mejor si lo administráramos las mujeres. El rol biológico suele equiparnos con una capacidad instalada para la empatía y la conciliación, una conciencia del otro necesaria para la supervivencia de la especie. Y, sin embargo, sería equivocado pensar que las mujeres somos incapaces de la impiedad. Que los cuentos de hadas hablen de Maléficas, Cruelas, las hermanastras odiosas de Cenicienta, la Úrsula perversa de la Sirenita, la despótica Reina de Corazones, no se debe tan solo a los prejuicios masculinos de sus autores.

La historia moderna nos ha dado la Dama de Hierro, indiferente a la lenta muerte de prisioneros irlandeses empeñados en una huelga de hambre, o mujeres cómplices de tiranos, como el caso de Elena Ceacescu. En mi propio país, Nicaragua, ha sido una mujer, Rosario Murillo, la que regentó los actos de violencia contra pacíficos manifestantes que derivaron en el levantamiento popular de abril de 2018. La maquinaria de guerra para sofocarlo dejó más de 300 cadáveres sobre las barricadas.

Desde el fin de la tiranía somocista en 1979, no se había visto en Nicaragua una desfachatez como la actual para diseñar una legalidad a la medida de las necesidades de una dictadura; leyes para cobijar la represión y defenderla con leguleyadas. Pero si eso le hubiera dado a Maquiavelo material para escribir otro manual para tiranos, lo más retorcido que estamos viviendo últimamente es el ser testigos de tratos inusualmente crueles contra los destacados líderes, candidatos electorales y mujeres dirigentes que fueron apresados antes de las recientes elecciones de noviembre. Las cuatro mujeres dirigentes del Movimiento Renovador Sandinista (rebautizado en 2020 como Unión Democrática Renovadora, UNAMOS), el partido disidente de la senda autoritaria que Ortega le imprimió al FSLN, y por lo que muchos lo abandonamos, son ahora chivos expiatorios. Dora María Téllez, Ana Margarita Vijil, Suyen Barahona y Tamara Dávila cumplen seis meses, seis meses de estar incomunicadas: encerradas solas en celdas mínimas, desnutridas, sin acceso a un libro, a leer o escribir, durmiendo en celdas frías sobre colchonetas plásticas, sin que se les permita a los familiares llevarles una cobija. Tamara y Suyen tienen una niña de cinco años y un niño de cuatro respectivamente. No se les ha admitido verlos en las escasas visitas familiares, permitidas apenas tras noventa días de encierro. Las madres no han podido siquiera hablarles por teléfono.

¿Intercede por ellas Rosario Murillo, que posa beatífica con hijos y nietos? ¿O es ella misma la autora de esta venganza? Porque no cabe otra palabra más que *venganza* para calificar el caso de estas mujeres apresadas por su militancia política. Dora María Téllez es nada menos que la icónica guerrillera que liberó la ciudad donde Ortega y Murillo lograron aterrizar días antes del triunfo de la revolución, provenientes de Costa Rica.

Maltratados, desnutridos, aunque no incomunicados, se encuentran en el mismo penal 36 personas más. Hombres y mujeres destacados, empresarios, campesinos, héroes sandinistas, antiguos embajadores. Hay dos que, por su edad, deberían estar al menos bajo arresto domiciliario: Francisco Aguirre de 77 años, excanciller, y Edgard Parrales de 80, exembajador de la revolución ante la OEA. Ellos y los demás no tienen acceso legal a sus abogados, el enrevesado juicio contra algunos gira sobre los proyectos de dos ONG súbitamente criminalizadas. A otros se les acusa por opiniones y declaraciones designadas como traición a la patria. Se dice que serán juzgados, pero los juicios se han postergado indefinidamente.

En diarias alocuciones a medio día, Murillo acusa a quien se le ocurre —ya vimos el caso de Sergio Ramírez— de incitar al odio. Ella, en tanto, predica el amor y reza a un Dios a su imagen y semejanza, mientras llama diabólicos a los sacerdotes católicos. Ortega, por su lado, considera que seguirá siendo revolucionario mientras —para felicidad del pequeño Stalin que aún vive en ciertos corazones— acuse al imperialismo yanqui del rechazo popular contra sus abusos. Tras esa mampara justifica múltiples violaciones a los derechos humanos y una suma de 160 presos políticos que sufren maltratos propios de un gulag.

Él y su mujer solo dejan su protegido complejo de viviendas familiares y oficinas para presidir actos políticos donde él enreda insultos con interpretaciones torpes de noticias internacionales, en medio de una escenografía esotérica: una estrella de cinco picos con luces y profusión de flores, rodeada de jovencitos todos vestidos iguales.

La primera mujer presidente que tuvimos en Nicaragua, Violeta Chamorro, llegó al poder gracias a la democrática decisión del sandinismo de entonces de aceptar el resultado electoral. Esa mujer, esposa de un icónico periodista asesinado por Somoza, no llegó con ínfulas, sino con esas dotes femeninas a las que yo atribuyo cualidades esperanzadoras de cuido y conciliación. Su mayor virtud fue, precisamente, reconciliar un país tras una guerra fratricida, regentar la paz a través de un difícil equilibrio. Los sandinistas derrotados aprendimos a apreciarla por su franca espontaneidad. Ella maternizó al país y no intentó reelegirse. Fue débil en muchos sentidos, pero dejó al país apaciguado.

Su hija Cristiana habría sido quizás electa presidenta y desplazado a Ortega como su madre. Era la candidata más popular. Ortega la sacó del juego, la encerró en su casa como delincuente. La despojaron de toda comunicación con el exterior, incluso la televisión. Su madre está enferma, pero ni ella ni dos de sus hermanos pueden visitarla. El mayor, Pedro Joaquín, está preso, y el menor, Carlos Fernando, está en el exilio.

En el mismo país hemos experimentado las antípodas del ser femenino. Es evidente que, así como el hábito no hace al monje, el sexo no confiere inmunidad para el desatino. Sigo pensando, sin embargo, que la biología femenina, equipada para la maternidad, realizada o no, arma a la mujer de una dotación superlativa de conciencia del otro. La mujer suele contar con ojos, oídos, intuiciones y ternuras que la sintonizan de forma extraordinaria con esa otredad. Contemplando este mundo de nuestros días, el filo sobre el que se balancea este planeta como criatura maltratada, las cualidades femeninas parecen ser las que se requieren para evitar el apocalipsis. Las jefas de Estado manejaron mejor la pandemia que sus contrapartes hombres.

Desafortunadamente, nuestras sociedades pensadas y organizadas desde posiciones masculinas de dominación han venido socavando el humanismo tanto de hombres como de mujeres y estimulando una competencia feroz que, a menudo, favorece comportamientos agresivos para sobrevivir a las desventajas seculares. Las estadísticas de violencia contra las mujeres siguen probando el castigo que conlleva serlo. Rosario Murillo podrá o no ser la responsable de la saña con que se mantiene incomunicadas a las presas políticas en las cárceles de Ortega, pero ella es, sin duda, cómplice, un modelo tenebroso de la mujer poderosa.

[Publicado en *El País*, Madrid, 30 de diciembre de 2021.]

II
Una mujer rompe el silencio

Entrevista a Zoilamérica Narváez Murillo

El 2 de marzo de 1998, Zoilamérica Narváez Murillo, una mujer de treinta años, hijastra de Daniel Ortega Saavedra, sorprendió a la opinión pública en Nicaragua y el mundo al acusar públicamente a su padrastro, máximo dirigente del FSLN y expresidente de Nicaragua, de haber abusado sexualmente de ella desde que era una niña de once años.

La denuncia inicial y el extenso testimonio presentado el 17 de marzo, donde Zoilamérica relata las incidencias y las etapas del abuso sexual, fueron objeto de múltiples polémicas y de una división en la opinión pública entre quienes consideraban que decía la verdad y quienes negaban credibilidad a sus palabras.

Para muchos, especialmente aquellos que se identificaban con el sandinismo o que militaban en las filas del FSLN, era difícil, casi imposible, aceptar que quien fuera presidente del país, candidato por el FSLN a las elecciones de 1996 y máximo líder del FSLN, pudiera ser capaz de la conducta y los atropellos de los que su hijastra lo acusaba. Muchas de estas personas, sin escuchar lo que

Zoilamérica tenía que decir, descalificaron su testimonio y se plegaron a la línea oficial esgrimida por el partido de restarle validez a la acusación.

La familia de Daniel Ortega en pleno apareció ante los medios, y su esposa, Rosario Murillo, madre de Zoilamérica, leyó un documento ambiguo en el que pedía a la opinión pública que se quedara al margen del caso, pues era un asunto de familia que debía ser resuelto en familia.

Posteriormente, el FSLN tomó la línea de acusar a Zoilamérica de ser parte de un complot político para evitar la reelección de Daniel Ortega en el congreso del FSLN que se realizó el 14 y 15 de marzo. Más adelante, durante el acto previo al desarrollo de la conmemoración del Repliegue Sandinista el 27 de junio, Daniel Ortega personalmente acusó a Zoilamérica de «traidora al FSLN» y dijo que su madre, Rosario Murillo, presente también en el acto, le había solicitado que le pidiera al pueblo perdón por haber tenido una hija como esa. Zoilamérica, por su parte, decidió llevar el asunto a los tribunales de justicia y solicitar el desafuero de Daniel Ortega de la inmunidad que lo protege como diputado, para que el caso pudiera ser llevado a juicio.

Como mujer nicaragüense, no he sido ajena a la polémica que ha rodeado el caso de Zoilamérica. Como le sucedió a la mayoría de las personas, y especialmente a los que hemos tenido vínculos con el sandinismo, mi reacción inicial fue de asombro y de reserva. Las acusaciones de esta naturaleza son muy serias y no se pueden tomar a la ligera, independientemente de si uno está de acuerdo o no con la actuación de una persona como dirigente político. Como mujer, sin embargo, sentía que no podía, ni debía, descartar la denuncia de Zoilamérica, sin antes escucharla.

Desgraciadamente, el abuso sexual ha sido, desde hace mucho tiempo, un problema terrible que enfrentamos las mujeres en casi todo el mundo. A diario se lee en los periódicos casos de padres, padrastros, hermanos, hombres que abusan de mujeres, que abusan a menudo de niñas menores de edad. Pero los casos que salen a la luz pública son los menos. Usualmente, las mujeres callan. Callan por vergüenza, callan por miedo, callan porque piensan que nadie les va a creer, o porque creen que nadie las puede ayudar a salir de esa terrible situación.

Yo no creo que Zoilamérica sea parte de un complot. Una mujer joven, madre de un niño y una niña pequeños, con una larga historia de militancia política, alfabetizadora a los doce años, militante de la Juventud Sandinista, del FSLN, no escoge revelar su intimidad, ni se expone de la manera en que lo hizo Zoilamérica como parte de un «complot» político. Yo creo que hay que escuchar a Zoilamérica. Si el FSLN se ha negado a escucharla, si muchos sandinistas prefieren seguir ciegamente a un dirigente antes de pedirle que rinda cuentas por sus actos, hay otros muchos sandinistas, otras mujeres y hombres que debemos escucharla. Hay muchas personas que se merecen saber la verdad. Hay muchas mujeres que necesitan escucharla para encontrar el valor que les permita romper con relaciones que son lesivas a su dignidad.

Pensando en esas mujeres; pensando en los hombres honestos, en la juventud, en todos nosotros, que queremos limpieza, transparencia, en nuestro país y en nuestras vidas, es que hice esta entrevista a Zoilamérica para que ella nos contara su verdad. No para oír más detalles morbosos, sino para comprender a la mujer, a la joven que se atrevió a hacer esta denuncia dolorosa. Esta entrevista nos permitirá conocer la humanidad de Zoilamérica Narváez, nos permitirá conocer su historia y no solamente la historia del abuso. Leyéndola, comprenderemos cómo fue la vida de esta muchacha; cómo fue que llegó a sufrir lo que sufrió; por qué calló el tiempo que calló y qué fue lo que la hizo hablar, «gritar», como ella dice, cuando lo hizo.

La conversación

Son las diez de la mañana cuando me siento con Zoilamérica en el balcón de mi casa para iniciar nuestra entrevista. Desde donde estamos sentadas, un punto en lo alto del Valle Ticomo, se ve en el horizonte el lago de Managua, el perfil de la ciudad asentada sobre su costa, la Península de Chiltepe abrazando la laguna de Xiloá y la hermosa cadena de volcanes azules al otro lado del lago. Es un día claro, recién lavado por la lluvia, y las dos nos quedamos un rato observando la magnificencia de este incomparable paisaje nicaragüense.

La Zoilamérica que está frente a mí ya no es la niña que conocí en Costa Rica, en el exilio. Era entonces una niña de diez años, callada y seriecita, que se dedicaba como madre al cuido de su hermano Tino, quien en ese entonces era un bebé. Esta Zoilamérica ya no es tampoco la adolescente que veía en las idas y venidas de la revolución: una muchacha muy alta, larguirucha, delgada, que caminaba viendo hacia el suelo, un poco encorvada, envuelta en un aire de tristeza. La Zoilamérica que tengo delante es ahora una mujer erguida, hermosa, de largo pelo negro, vestida de jeans y una camisa con diseños geométricos blancos, negros y morados. Me llaman la atención sus manos de dedos largos, expresivos. El timbre de su voz es ligeramente ronco, su risa me recuerda la de su madre.

Esta entrevista, le digo, no es para que vuelva a contar lo que ya dijo en su testimonio, sino para que quienes la lean puedan comprender mejor quién es ella, las circunstancias que rodearon su vida, cómo es que sucedió el abuso, qué significó para ella y qué la motivó a hacer su denuncia. Asiente con la cabeza. Me da la impresión de una persona segura de sí, serena. Durante la entrevista me impresiona su coherencia, su sencillez, y me da gusto ver que, a pesar de todo, ha conservado una cierta inocencia, algo de niña, que le permite el optimismo, la esperanza.

—Vamos a empezar por el principio —le digo—. Hablame de tu infancia, dónde vivías, por qué fue tan importante tu abuela para vos…

—Viví los primeros años de mi infancia con mis abuelos, en Managua. Mi mamá tenía 16 años cuando me tuvo, así que yo fui asumida, adoptada casi por mi abuelita. Le decía «mami» a mi abuelita. Mi mamá vivía en otro lugar. Hasta que murió mi abuelita, cuando yo tenía seis años, viví en un ambiente de mucho cariño.

Recuerdo hasta las canciones de cuna que me cantaba mi abuelita cuando me chineaba. Cuando el terremoto, fue ella la que me sacó de los escombros. Fue una figura muy importante en mi vida.

Después del terremoto vivimos en distintos lugares, mientras construía mi abuelito la casa hasta que, estando en Ciudad Jardín, en uno de los lugares donde posamos, mi abuelita murió en un accidente de tránsito. Yo iba en el carro con ella cuando el accidente. Cuando recuperé la conciencia, la vi en el asiento delantero. Le hablé: «mami, mami», pero ya no me contestó. Después me sacaron del carro. Eso marcó un corte definitivo en mi vida. A partir de ese momento, empecé a sentirme muy sola. Sentí que todo sería diferente y empecé a meterme en mí misma, para poder estar con ella.

—¿Qué pasó después que murió tu abuelita?

—Nos fuimos a vivir con mi mamá, pero como mi abuelo necesitaba mucho de nosotros pasábamos tres días en su casa. Después que se murió mi abuela, mi relación más cercana fue con mis tías abuelas. Ellas querían ayudarle a mi mamá y se fueron a vivir con nosotros. Mis tías abuelas eran del tipo que te chinean en la mecedora hasta los diez años; de las que rezaban el rosario todas las noches con las letanías: el «ten piedad de nosotros», «piedad de nosotros». Me ponían caramelitos en las carteras. Mis tías abuelas son como almas protectoras para mí, son como mis otras madres, porque, afortunadamente, yo tuve varias madres sustitutas.

Estaban también mi tía Lourdes, mi tía Violeta, que era bien brava. Me daba con una regla en la cabeza cuando no podía multiplicar (*se ríe*). A ella le ayudé a jalar con su primer esposo. Salía a darle razones al novio de a qué horas pasarla trayendo, le robaba cigarros a mi abuelo para ella. Mi tía Lourdes era la perfección y pulcritud. Llegaba y me limpiaba las orejas, el ombligo. Me hacía unas colas de las que no podía salirse ni un pelo, tan estirada que se me achinaban los ojos.

—¿Y cómo fue la vida con tu mamá?

—Tener una mamá joven creo que para todo mundo es difícil. Ella no cuadraba en la imagen de mamá tradicional. Estudiando en el Teresiano, la imagen que yo veía era la de la mamá ama de casa, la mamá que se dedica a ir a dejar al niño a la puerta, a darle de desayunar, a ir a las reuniones a traer los boletines, a llegar al colegio, estar en la casa. Pero tenía una mamá totalmente diferente. Mi mamá trabajaba en La Prensa. Era una mamá trabajadora, profesional, secretaria, que además pertenecía a los movimientos de artistas. Siempre andaba de cotona, con chereques. Y ese mundo de los artistas, y el mundo del Frente, los peludos, los muchachos, a mí me rompía los esquemas. Era un mundo muy liberal y yo no lo entendía, sobre todo porque estaba siendo formada en un colegio religioso, con un abuelo y unas tías que también tenían formación religiosa. A mí me costaba entender inclusive las relaciones que mi mamá tenía con sus parejas. Todo eso chocaba con la expectativa que el mundo me había creado de lo que era una mamá, que no era la mamá que yo tenía. No recuerdo haber tenido cercanía con ella. Algo me inhibía. Ella era como una hermana, como una persona que habitaba en la misma casa. Era una persona más en la casa. Mi diálogo, mi comunicación era con mis tías abuelas. Cuando salimos al exilio en Costa Rica, hubo un acercamiento, pero tampoco fue muy positivo porque era una etapa muy tensa para ella. Nosotros éramos como algo que ella acarreaba a sus proyectos. Sentía que mi mamá no sabía qué hacer con nosotros. Pero también creo que fue difícil encontrar en ella lo que me dio mi abuela. Esa sustitución no la pude hacer tan fácilmente.

—¿Y tu papá, qué papel jugó él en tu vida?

—Desde que tuve uso de razón, mi papá era Anuar Hassan.* Mi papá fue Anuar hasta los diez años. Al casarse mi mamá, él asumió responsabilidades de padre. Cuando ellos se separaron y hasta 1977, él siguió preocupándose por nosotros. Llegaba incluso en las navidades. También la familia Hassan nos quería. Cuando murió mi abuelita, fueron muy buenos conmigo. Siempre nos quisieron mucho. Como mi tía Lourdes se casó con Omar, hermano de Anuar, él continuó esa tradición. Creo que hasta en el colegio, yo llevaba el apellido Hassan.

Es hasta 1977 que voy a viajar a Costa Rica, y hay que sacarme pasaporte, que una de mis tías abuelas viejitas me llama a un rincón y mostrándome una foto de periódico amarillenta, me dice: «Tu papá no es Anuar, sino que es este hombre». En la foto se anunciaba el casamiento de mi mamá con Jorge Narváez. Entonces mi papá era Jorge Narváez. Repetí el nombre: «Jorge Narváez». Me pareció un nombre bonito, me pareció una

* Anuar Hassan fue el segundo esposo de Rosario Murillo.

historia de novela, el nombre me sonaba. Vi a una persona morena, alta, y ya estuvo. Mi tía me contó anécdotas, me dijo que mi papá era muy juguetón, que tenía un sentido del humor, que me decía «Georgina» porque me parecía a él. Me contó anécdotas y me acuerdo de que la llegada al negocio donde vendían los quesos Narváez para mí era importante porque sentía que me reconectaba con una parte de mi familia. Cuando mi mamá se dio cuenta de que mi tía me había contado, se enojó con ella. Todo lo de mi papá era un misterio. No sé cómo murió. Creo que murió en un accidente, pero también oí decir que se había suicidado.

—¿Qué sentiste cuando te fuiste de Nicaragua al exilio con tu mamá? ¿Entendías lo que estaba pasando?

—Para mí, de niña, el exilio fue la experiencia más dura porque la muerte de mi abuela la asumí en el interior; es decir que mi abuela murió, pero yo la guardé adentro, pero el exilio fue desgarrador. Sentí que me arrancaron de todo el amor y me hicieron vivir cosas que nunca había vivido, desde ausencia total de cariño, afecto y protección, hasta lo económico, porque pasamos muchas dificultades. Además, fue cuando comencé de verdad a conocer a mi mamá, porque nunca habíamos vivido tanto con mi mamá. Mi abuelito no quería que nos fuéramos a Costa Rica. Mi abuelito peleó, incluso amenazó a mi mamá; como que presentía lo que iba a pasar. Mi mamá no sabía qué hacer con nosotros porque nunca nos había tenido. Me acuerdo saliendo de Managua en el vuelo de Pan Am, mi mamá tratando de construirnos ilusiones: que si nos iba a comprar juguetes, porque sabía que nos tenía sin tenernos de verdad y que íbamos a un mundo desconocido.

—Se fueron a Panamá, ¿no? ¿Cómo fue tu vida allí?

—Cuando nos fuimos al exilio, mi mamá estaba embarazada de Tino. Con su compañero de entonces, Quincho Ibarra, tuve una muy buena relación. Él me tenía cariño. Pero la relación entre mi mamá y él era terrible. Una relación de grandes pleitos, donde hasta una vez me tuve que encerrar en un closet para esconder a Tino y protegerlo. Después este compañero desapareció. No sé ni cómo. Solo sé que un día desapareció de nuestras vidas. En ese grupo familiar, que recuerdo como la relación conflictuada de mi mamá con Quincho, mi papel era cuidar a Rafael, cuidar a Tino y cuidar la casa. Yo tenía mi rutina: en la mañana iba al colegio bien temprano y por la tarde, cuando llegaba, lavaba y planchaba mi uniforme y el de Rafael, porque solo teníamos uno. Después me iba a la lavandería a lavar la ropa de todos, caminaba seis cuadras a la lavandería con las bolsas. Rafael nunca quería ir y yo le decía a mi mamá que lo dejara, que pobrecito, que se quedara jugando. Después, limpiaba el apartamento.

Cuando nació Tino, acompañé a mi mamá el día que parió. Fue una experiencia bien rara porque era una clínica bien chiquita en Panamá y yo escuchaba los gritos de mi mamá pariendo, y eso daba miedo. Entonces sentía un gran miedo y me agarró por correr de arriba abajo en la clínica porque estaba sola, entonces corría de un lado al otro. A Tino lo empecé a cuidar desde recién nacido. Tuvo un problema y le dieron fototerapia y me acuerdo de que mi mamá me dejó varias veces en la noche con aquellos aparatos que yo ni sabía cómo se manejaban. A Tino lo cuidé los dos años primeros. Le hacía la comida: carne molida con verduras licuadas; le hacía las pachas. Se las quemé una vez porque se me olvidó sacarlas del fuego.

—¿Recordás la primera vez que viste a Daniel Ortega?

—Yo veo a Daniel Ortega en una casa adonde nos habíamos cambiado en Costa Rica. Lo conocí como Enrique. Lo vi en la cocina. Me acuerdo del hombre vestido con camisa a cuadros verdes, *blue jean*, los anteojos gruesos, el bigote, el pelo algo alborotado, porque creo que se había hecho permanente. Me inspiró desconfianza. Era como un hombre que escondía algo, de esas personas que cuando te vuelven a ver, no sabés qué es lo que están viendo. Esa fue mi primera impresión, antes de saber que él tenía una relación con mi mamá. Se sabía que él era importante por la manera en que lo trataban los demás. En ese tiempo estaban Humberto Ortega, Víctor Tirado, Jacobo Marcos en la casa. Estaban todos allí.

—¿Estaban viviendo allí?

—Era una casa donde había dos cuartos, donde la gente entraba y salía. Incluso estuvieron allí Nora Astorga y otra compañera, Ruth Castro, que nos ayudó con las tareas y nos enseñó a cantar el himno del Frente. Cuando noté que había una relación entre «Enrique» y mi mamá, me di cuenta de que era una relación diferente. Yo no había visto a mi mamá tratarse bien con alguien. Había un trato más cercano entre ella y él de lo que yo había conocido en sus otras relaciones. Recuerdo que él hacía intentos de acercamiento, pero yo, por mi propia timidez y no sé por qué, no sé si por instinto o qué, le puse muchas barreras. No hablaba con él, le contestaba una frase, daba la vuelta y ya, pero no intimé. Por otro lado, tampoco quería entrar tan fácilmente en otra relación de mi mamá, por lo que había sucedido con su anterior relación. Estoy apenas conociendo a Daniel Ortega, cuando lo encuentro acostado con la empleada; después también con otra compañera.

A mí se me enredó todo. No puedo decirte qué pensé, pero eso fue recién conociéndolo. Por eso es por lo que he dicho que desde el inicio no hubo un vínculo de afecto, sino un vínculo de desconfianza, porque yo lo conocí haciendo ese tipo de cosas. No sé cómo mis ojos de niña vieron eso. Yo había visto tanta cosa rara a mi alrededor, cosas que consideraba «inmorales», cosas que lesionaban mis convicciones morales, cuando las fiestas en mi casa en Managua con «los peludos», que ahora que veía esto. No sé si me aterroricé o simplemente pensé que era una cosa más de las cosas que había visto. Yo dormía al lado del cuarto de mi mamá en Managua y oía cosas y había visto cosas, una gran promiscuidad a mi alrededor. Lo de Daniel pues yo creo que lo vi como una cosa más. Claro, cuando empiezan ya las bromas a mí y todo eso, empiezo a sentir temor, malestar.

—¿Y eso pasó a los varios meses de que él estaba viviendo con ustedes?

—No. La agresión verbal vino muy pronto. Por mi misma formación del colegio, de las monjas, de mis abuelos, de mis tías abuelas —fui formada por viejitas—, yo era muy sensible a las malas palabras y vulgaridades. Una vez que Rafael me dijo, entre bromas, «puta», cuando era más chiquita, pasé llorando dos días porque lo sentí como una barbaridad. Entonces cuando aquella persona —Daniel— empieza, sin ni siquiera conocerme, a decirme cosas, me da cólera, malestar. Me acuerdo de que pasaba con mi toallita a bañarme y él se quedaba haciendo jolgorio con los otros hombres adultos, diciendo: «Allá va. Estás buena. Allí vamos a llegar al baño, te vamos a llegar a ver». Todas esas cosas a mí me causaban mucho rechazo. Ese rechazo me quedó mucho tiempo. Yo no le aceptaba piropos a nadie hasta hace poco. Me molestaban las alusiones a mi cuerpo, fueran buenas o malas. Por eso quizás la seriedad de Alejandro* fue fascinante para mí. Pero bueno, esas primeras alusiones de Daniel fueron bien abruptas. Sentía que transgredía mi intimidad, que se metía demasiado conmigo.

Cuando nos pasamos a otra casa, donde ya solo vivía la familia y había mayor privacidad, fue más fácil para él entrar al baño. Él recogía mi ropa interior. Por desordenada, yo la dejaba volada en el baño a menudo, y él la recogía y me seguía con ella por la casa. La olía. Me decía: «Mirá qué rico». La irrupción de él en mi intimidad de cipota**, era lo que en ese momento yo más resentía. No te puedo

* Se refiere a su exesposo Alejandro Bendaña.

** Palabra de origen náhuatl usada en Nicaragua, que significa «niña».

decir que entendía la amenaza de una violación, porque no la entendía. No percibía el peligro de que me pudiera hacer algo. Sentía únicamente que era una persona vulgar, que me decía cosas que no me gustaban y que me producían cólera.

Las cosas empiezan a cambiar cuando él pasa de la agresión verbal al contacto físico, al roce de la pierna, a cuando lo encuentro por primera vez sentado en la cama. Empiezo a sentir que él me está observando todo el tiempo, que está pendiente de todo lo que hago. A la vulgaridad se suman las provocaciones, como decirme por ejemplo que por qué no tenía amigos varones, que si era lesbiana, que si el chofer del bus me tocaba, que me manoseaba, transfiriéndome conductas sexuales que yo estaba lejos de imaginarme siquiera porque tenía solo once años. Es decir, no había tenido ni siquiera mi primer novio. Apenas un chavalo en bicicleta me había tocado la mano y eso para mí había sido una gran cosa.

De esa parte recuerdo poco. Lo recuerdo masturbándose, lo recuerdo al lado de mi cama. Tengo otros recuerdos, pero son más difusos. Yo me he preguntado cómo es que asumí lo que estaba viviendo, porque no acababa de entender lo que pasaba, porque si yo hubiera visto la peligrosidad de las cosas, me hubiera quedado viviendo con mi abuelito al momento del triunfo. Pero yo no tenía la claridad porque el mundo no nos prepara a las niñas para esas cosas. Y como te digo, era un roce, cosas que no recuerdo mucho.

—¿Y por qué no hablaste cuando llegaste a Nicaragua?

—¿Por qué cuando vengo a Nicaragua no hablo? Porque a mí me deslumbró la revolución, me deslumbró el regreso, el reencuentro con mis fuentes de amor de apego, mis abuelos, mis tías viejas, mi todo. Acordate de que yo tenía doce años, y me deslumbró la vida de princesa. Después de tanta carencia, pasamos a ser lo que éramos. Me deslumbra venir al país en otras condiciones, en otro ambiente. Era como un cuento de hadas: en una casa que parecía palacio; por primera vez con una familia de hombre, mujer e hijos; sin escondernos y mi abuelo cerca. Era deslumbrante. Entonces todo eso operó en mí para minimizar lo que podía ser la amenaza.

En la casa de don Jaime Morales me sentía como en el cuento de la Ricitos de Oro y los Tres Ositos. Dio la casualidad de que don Jaime tenía dos hijos varones y una mujer. Llegamos a la casa de don Jaime y el cuarto de la muchacha, que pasó a ser mi cuarto, estaba tal y como ella lo había dejado, con un tocador lindísimo. Era un cuarto alfombrado, con un closet enorme, una sobrecama linda de cuadritos celestes; el closet lleno de ropa, *blue jeans* de marca. Abría las gavetas y estaban los cosméticos, las pulseras, los relojes, todo. Y yo preguntaba: «¿Y podemos tocar?». Recuerdo que viví con las cosas de la muchacha y jugué con sus cosas hasta que a los quince días llegaron de parte de don Jaime a llevárselas. Tengo que reconocer que de julio del 79 a julio del 80, me dediqué a ser la «princesa». (*Zoilamérica hace un gesto de burla.*)

Vivía preocupada por mis uñas, que siempre me había comido. Iba a clases al Rigoberto, que antes era el 1° de Febrero. En el colegio era callada, porque tenía poca experiencia de estar en colegios mixtos y los hombres me daban miedo. Siempre tuve miedo a los hombres, quizás por las relaciones sexuales que vi tener a mi mamá y ante las cuales yo sentía miedo, porque cuando se es niño, eso se interpreta como algo violento. Me costó mucho adaptarme al colegio, pero iba a clases y luego volvía a mi vida de princesa encerrada en mi cuarto, oyendo música. Mi mamá me regañaba porque no era sociable. Tenía uno que otro amigo en sexto grado, pero no leía periódicos, no me interesaba lo que estuviera pasando afuera.

—Y con Daniel, ¿cómo era tu relación entonces? ¿Recordás algo agradable?

—En Costa Rica, mi relación con él había sido casi nula, porque él se mantenía fuera la mayor parte del tiempo. A veces ni dormía en la casa, así que lo veía en las mañanitas, cuando me iba a bañar, o si había reuniones en la casa. Cuando ya vivimos en Managua, él se levantaba religiosamente todas las mañanas a darnos a Rafael y a mí los cinco córdobas para el colegio, que era una cosa que nunca había pasado con mi mamá, que alguien nos despidiera. Por otro lado, estaba pendiente a la hora del regreso. Sin embargo, esa es la misma etapa de las llegadas al cuarto de noche. O sea que eran como dos cosas: el mundo de noche y el mundo de día. En el día, la princesa; en la noche, el horror. En la noche era la figura que aparece en las sombras no sabés cómo; una presencia física que entra al cuarto y se masturba, que te hace sentir perseguida, que te sigue donde vayas. En el día, era él tratando bien a la gente, muy sereno, mientras mi mamá estaba siempre alterada, enojada, peleando. En el día, él nos daba los cinco córdobas. El hombre de la noche era como otra persona. El mundo del día era demasiado bueno y lo incluía a él. El mundo de noche era otro.

—¿Y cuándo termina tu vida de «princesa»?

—En la lucha de mi mamá por sacarme de mi encierro, de pasar las tardes encerrada oyendo música, me dice que haga algo, cualquier cosa. Le digo que quiero dar clases a niños pobres. Entonces me habla de la Cruzada de Alfabetización. A mí, por estar en sexto grado, me tocaba quedarme en Managua, pero yo quise irme fuera de Managua y así es como aparezco a los doce años en Nueva Guinea. Obviamente, la cruzada me concientizó como a muchos jóvenes. Vi al campesino, aprendí a la par de la cartilla la historia de la revolución, supe lo que era la convivencia con otros muchachos y muchachas; también maduré como adolescente, ingresé a la Juventud. O sea que también allí empecé mi vida política y la empecé con esa formación moral férrea.

Me acuerdo de que fui a alfabetizar a una casa donde ya habían corrido a dos brigadistas porque tenían costumbres que a la familia, que era evangélica, no les gustaba. Entonces la solución fue mandar a la chavalita bien portada, que por chavala se iba a adaptar mejor. La convivencia con esta familia evangélica exacerbó mucho mi fe y mi espiritualidad, que fue algo que mantuve aun en Costa Rica. Yo iba solita a misa todos los domingos sin que nadie me dijera. Entonces, la cruzada para mí fue un reencuentro con la fe. Iba al culto todos los días, me sabía todas las canciones del culto.

El señor, jefe de familia, me aceptó recibir clases de la cartilla si él me daba clases de Biblia. Fue una experiencia completa de renovación de fe, concientización política; conocer Nicaragua, conocer otro mundo. Regresé con un sentido de convicción política, más madura, pero me acuerdo de haber bajado al pueblo a caballo, ya el último día de la cruzada, llorando porque sabía lo que me esperaba. Ya sé que regreso a un problema, aunque en ese momento no puedo ni siquiera decir qué tipo de problema es, no podía verbalizar mi confusión.

—¿Cuándo empezás a tener mayor claridad?

—Creo que, al regresar, es cuando empiezo a percibir más claramente la amenaza de la que estoy siendo objeto. Y es que en 81 y 82, a mis trece y catorce años, el acoso se acentúa. Es ya el manoseo, la agresión física. Ciertas personas a las que les dije algo en esa época, personas que ya ni recordaba, se me han acercado ahora para decirme que entonces, cuando yo les conté, se habían sentido impotentes para hacer nada.

—¿Y a Rafael por qué no le contaste?

—Porque se exacerbaron todos los mecanismos. Cuando regreso con conciencia política, se abre para él —Daniel— un espacio más en el que domesticarme, domarme. Se abre para él la posibilidad de decirme cómo debía ser una sandinista. Y él me transmite esquemas férreos, bien fuertes en términos de «moral revolucionaria», que yo veo ahora que precisamente apuntaban a conservarme dócil, en un ambiente exclusivamente de la casa. Contarle a Rafael, no. Yo siento que en mí habitó una inmovilidad, una somnolencia. Yo vivía eso, pero no quería admitirlo. En ese momento, sin embargo, es cuando le cuento a la Alicia,* la doméstica de la casa, en un momento de angustia.

—¿Y tu mamá no se daba cuenta de nada?

—Ella le reclamaba a él las atenciones que tenía para Rafael y para mí. Creo que ella llegó a sentir celos de las atenciones. Cuando yo empiezo a enfermarme, a vomitar en la noche, a salivar, creo que ella empezó a sospechar.

—Pero vos, ¿qué sentías por él?

—Él se convirtió en esos años en una figura muy importante en mi vida, porque estaba allí. En cualquier momento, estaba allí. En la casa, estaba allí. En todos mis tiempos libres, estaba allí. Ejerció una paternidad afectiva y política, que no era, sin embargo, del todo coherente. Nos decía, por ejemplo: «Ustedes no me van a usar *blue jeans* gringos», pero mi mamá los usaba. A nosotros él nos daba orientaciones, maneras de ser políticos. Yo absorbí todo eso, de manera que cuando Rafael no se va al SMP por X o Y razón, me molesto mucho con él, porque nos habían formado para ser ejemplos; debíamos ser ejemplo porque éramos hijos de un dirigente.

Esa paternidad política también se volvió un esquema completo de dominación. Él me decía que yo iba a ser

* Alicia fue contratada por Rosario Murillo en 1980 para cuidar a sus hijos. Ejerció funciones de ama de llaves. Fue la primera persona a quien Zoilamérica le confió su situación. Ella cuidó y protegió a Zoilamérica.

la niña de la revolución que él nunca tuvo. O sea que yo iba a ser ejemplar, pero todo esto en función de él, no en función de la revolución. Siento que me cultivó políticamente como parte de todo un mecanismo para tenerme dominada. Era un doble caso de abuso de poder, porque los otros papás que abusan no tienen el poder político que él llegó a tener y a usar sobre mí.

Cuando se acentúa el rechazo de mi mamá hacia mí, tal vez por instinto o porque ella no quería enfrentar la situación, o por lo que fuera, él empieza a construir un mundo para mí que empieza cuando mi mamá se va en las tardes a trabajar. Él diseñó una especie de familia dentro de la otra familia. Dentro de una rutina de atención, de compañía y de incorporarnos en su quehacer diario, nos llamaba a ver televisión. Para mí allí empezó la pornografía, la erotización; en la siesta, en la dormida. Él llegaba de las dos a las seis y media, siete, las horas que no estaba mi mamá. Durante esas horas, él creaba las oportunidades que necesitaba, que incluían hasta ver televisión con nosotros, para gestar las formas de abuso. Me ponía a ver películas pornográficas, por ejemplo.

Cuando ya me voy a la otra casa*, las cosas se vuelven más complejas, pero el control de él se mantiene vía llamadas por teléfono, apoyo material, la propia Alicia… Hasta la Juventud Sandinista servía de soporte para que yo pudiera estar en ese mundo de él. La Juventud, sin embargo, fue una ventana para mí. Tuve el privilegio de trabajar allí con personas muy humanas, como Mario

* *Circa* 1983 Zoilamérica se vio obligada por su mamá a irse a vivir sola a una casa aparte, dentro del complejo en el que vivía la familia.

Caldera, que me formó; tuvo mucha insistencia en mis valores. Esa parte de mi vida transcurrió con relativa tranquilidad. En esa parte él —Daniel— no irrumpió, aunque sí fue él quien me hizo entrega del diploma de militante. Él era el que ponía el sello final al mérito.

Entonces él como que diseñó ese mundo en el que no entraba nadie más que quien él permitía. Las tres amigas que entraban a ese mundo eran tres amigas que él conocía, con las que se identificaba, que lo respetaban. Ese mundo es lo que llamo «el cautiverio», «la prisión» que él hizo para mí. Era un escondite, un escondite de lo que mi mamá no quería ver. Mi mamá quería tenerme escondida, pero también el mundo quería tenerme escondida, él quería tenerme escondida, y yo quería tenerme escondida porque no quería que nadie supiera lo que pasaba. Eso estableció la realidad del escondite. El escondite de lo que la familia escondía, de lo que la vida escondía. Y el único que llegaba al escondite era él.

Creo que él también estaba escondido allí. Allí escondía todo lo que no quería que se supiera de sí mismo. Desde esa patología de un ser que a la par que agrede también trata de suavizar, también ama. Es el monstruo de las dos caras. Las cartas de él que yo tenía eran canciones de cuna, combinadas con cosas dichas a la mujer, con cosas de la revolución; era toda una mezcla, toda esa complejidad de esta persona la desbocaba allí, en ese mundo.

—¿Y el poder qué papel jugaba en todo esto?

—Se dice que yo disfruté del poder. Sí acepto que lo hice en mi año de princesa, pero ya después fue de otra manera. Siempre me mantuve en colegios estatales. Cuando fui dirigente de la juventud lo fui en barrios populares, en la carretera norte, en los barrios orientales, siempre mantuve un vínculo con los sectores más pobres. Y esto me mantuvo conectada al barrio de mi infancia, a San José Oriental. Esto hizo que no me despersonalizara. El único mundo que se mantuvo siendo de princesa eran los actos oficiales, era donde yo aparecía al lado de la familia. Haber sido expulsada tempranamente de la casa donde estaba el mundo mágico también fue, en términos de la formación política, una bendición, porque si bien la soledad me abatió porque comía sola, estaba sola, en esa casa no tuve abundancia. Entonces yo no cambié.

—*¿Te enamoraste de Daniel Ortega?*

—Yo siempre digo que, de 1983 a 1986 hay un tiempo allí de dependencia, que no es enamoramiento, porque es un sentimiento que nace distorsionado. Emotivamente, en términos de sentimientos, pasé del miedo al acomodamiento, que sí tiene un componente afectivo en términos de que vos llegás a agradecer, llegás a desarrollar sentimientos de gratitud… Porque llega un momento en que todo es distorsión. Yo debo haber sentido que él era lo único que tenía. Eso es lo más duro. Porque mi mamá sí me pasó. Es decir, mi mamá le dijo: «Tomá, aquí está». Así que, en algún momento, mi sentimiento predominante hacia él fue de gratitud porque él me protegía. Aunque era mi agresor, era una compañía, una presencia, alguien que estaba allí. Alicia, cuando ella y yo hablamos, me dice por qué yo no hacía nada: «Porque era el único que te podía dar algo, el único. Sacarte de allí, ¿para qué?». Entonces, esa fue la etapa en que yo acepté la situación y, por aceptarla, empecé a pensar que podía ser agradable. Es decir, al aceptarla, le empecé a buscar explicaciones. No dejaba de agredirme la situación, mis amigas de ese entonces son testigos de que yo les contaba los vejámenes, pero él allí estaba. Entre el 83 y el 86, como que me adormecí, me resigné, me creé una explicación. Me quedé allí y dibujé ese mundo con lo que yo necesitaba para no sentirlo monstruoso, para quitarle todo el terror.

—¿Y qué pasó en el 86?

—Cuando en el 86 empiezo con los intentos de liberarme, la persona entonces se me transforma en el perseguidor. Y digo «el perseguidor» porque era como una cacería. Fue la etapa en la que él me dio más miedo. De los once a los catorce años, el miedo que sentí era el miedo a la noche, al fantasma, al monstruo de máscaras. Pero ya mayor, entre los quince y los dieciocho, fue el miedo al hombre que te podía hacer algo. Ya empecé a tener instinto de riesgo de mi vida, porque aquí ya entraron los mecanismos de escuchar mis llamadas, el mecanismo de los escoltas vigilándome, el mecanismo de amenazar, el mecanismo, incluso, del chantaje emocional, de verlo llorar diciéndome que no me fuera de la casa, de llamadas en llanto, de los mensajes de la voluntad de Dios, del castigo de Dios. Allí se afianzó el modelo de dominación psicológica y de la prisión.

Como te decía, yo vivía desde los once años en su mundo, pero el mundo que él fue construyendo pasó por varias etapas. El primero fue el mágico, donde él era bueno de día y monstruo de noche, pero este último ya fue el cautiverio en su máxima expresión, donde me privó de mi libertad, porque lucho por salir y ya no puedo. Y ya no puedo porque yo no puedo, y porque él me convence de que yo no puedo. Entonces lo más grave de esos años, del 86 al 90, además de lo que pasaba, es que él me hizo sentir que yo no podía salir de ese mundo. Alejandro me cuenta que la primera vez que nosotros hablamos de lo que sentíamos, le dije que yo tenía una situación de la que no podía salir y de la que nunca iba a poder escapar.

—¿Cómo fue que pudiste tener una relación con Alejandro si Daniel Ortega te tenía tan controlada? ¿No se opuso a tu matrimonio?

—Yo conocí a Alejandro por mi trabajo en la cancillería. Era mi jefe. Trabajábamos en el mismo departamento y oficina. Eso facilitó la comunicación, el vínculo y la posibilidad de vernos. En los años 89-90 empezamos a andar. Yo me había ido de la casa porque mi mamá me había corrido, y eso agilizó un proceso de relación con Alejandro. Mientras tanto, yo ni siquiera había tenido fuerzas para decirle a Daniel: «No quiero volverte a ver». No. Él sigue vigilándome y sigue incidiendo en mi vida. Cuando Daniel sospecha del asunto y confirma sus sospechas, lo acepta porque considera a Alejandro una persona leal a él, que le guardará el secreto. Entonces empieza su nueva manera, que eran las llamadas, la búsqueda. Era su manera de decir: «Aquí estoy, aquí estoy, aquí estoy. Estoy donde vos estés». Entonces era la voz diciéndome: «Ajá, me dejaste. Estoy solo. Me dejaste solo. Ya sabés que yo no tengo nada». Me chantajeaba haciéndose la víctima.

Daniel no quería que me casara, y me continuó llamando con pretextos de todo tipo para que yo llegara a lugares donde él pudiera seguir su acoso y abuso. Incluso, más tarde, intentó acercarse a nuestras actividades sociales con la idea de crear circunstancias que permitieran prácticas sexuales aberrantes. Esto él me lo hizo saber de forma explícita. Por otro lado, asistió a mi matrimonio en 1991, al que no llegaron ni mi madre ni mis hermanos; y también llegó a verme al hospital después del parto de mi primer hijo, y me llevó un regalo. Siguió sus atenciones como padre «público», mientras continuaba por teléfono las aberraciones, vulgaridades e insinuaciones sexuales. Para entonces, yo sentía que necesitaba estar aislada, protegida de él y de un mundo que no entendía, al que no me adaptaba.

—¿Por qué no dijiste nada en el 90?

—¿Por qué no hablé en el 90? Lo explica mi misma relación de matrimonio. Yo salgo al mundo y me doy cuenta de que no sé vivir en el mundo. Me siento totalmente desadaptada de todo. Siento que nada me da seguridad, ni siquiera el matrimonio, que nada me da estabilidad. Empiezo a construir la otra cárcel, la cárcel del ser devastado, para protegerme. Mi primer año de matrimonio fue terrible. Yo tenía muchas ilusiones, muchos sueños con mi matrimonio, pero no sabía por dónde empezar. Estaba demasiado destruida.

Por fin me agarré de lo profesional y encontré allí una forma de alimento y sustento. Empecé a trabajar con los desmovilizados en reconciliación, en no violencia. No sabía por qué eso me hacía sentir bien. Me identifiqué con los desmovilizados de una manera muy intensa y dediqué a eso siete años. Yo me vi en ellos. Eran seres que no se adaptaban, que no se adaptaron a la vida civil, que tenían traumas, que tenían miedo de recordar, que traían heridas y que, por otro lado, necesitaban reintegrarse y no hallaban cómo. En el trabajo con los desmovilizados, me humanicé y creo que entonces asumí una actitud de sobrevivencia, que es lo que han hecho todos estos muchachos después de la guerra: sigamos sobreviviendo con nuestras vidas que sangran, con vacíos, con dolor, y sin sueños. Simplemente sobrevivamos. Pero también el enfoque de la reconciliación empezó a ser para mí un enfoque de reconciliarme conmigo. Yo reconozco ahora que muchas de las maneras en que no disfrutaba la vida eran formas de castigo, porque el rechazo de mi madre siempre me hizo pensar que yo tuve la culpa. Antes de que se dijera lo que se ha dicho en la calle, yo lo pensé primero: que si yo me le metí, que si le quité el marido a mi mamá, que por qué no tuve fuerzas para rebelarme. Tuve que echarme todas esas culpas a tuto, hasta echarme la culpa de si él se enamoró por culpa mía y de si yo lo hice sufrir también a él.

—*¿Y cuándo nacieron tus hijos?*

—El embarazo tocó mis anhelos más íntimos y recónditos de gestar vida, de alguna manera gestar mi propia vida; entonces mis dos embarazos fueron una cosa maravillosa. Mi estabilidad emocional nunca había estado mejor. Yo creo que me volví a parir a mí misma. Pero una vez que tuve a los niños, volvía al mismo ciclo. Empecé a tener a mis hijos sobreprotegidos; es decir, los niños tenían mis mismos miedos de vivir. Tuve embarazos felices, pero cuando llegaron al mundo, llegaron a mi mundo de miedos, a mi mundo de amenazas, a mi mundo de cautiverio. Y mis hijos se criaron, hasta hace año y medio, o sea sus primeros cuatro, cinco años, con mucho amor, con mucho apego, pero con miedo. Mi actitud era «vengan, no se me vayan, que allá está el mundo, ese mundo al que yo no me puedo adaptar». Si yo no me puedo adaptar, si le tengo miedo a ese mundo, ¿por qué van a ir ellos? Les va a pasar lo mismo. Entonces, sin querer, les empecé a quitar vida también, la misma vida que yo me negué. Y fue a través de mis hijos que desperté.

—¿Cómo llegaste al momento de la denuncia? ¿Tuvo algo que ver el Congreso del Frente? ¿Sentiste en algún momento una responsabilidad moral, ética, de dar a conocer lo que te había sucedido?

—En 1997 cumplí 30 años. Fue un año en el que convergieron una serie de fenómenos, de manera que no puedo decir qué fue primero y qué fue después. Primero, mis hijos empiezan a dar gritos de querer ser ellos, con toda una serie de complejidades y comportamientos que en la escuela las profesoras me ayudaron a ver. Mi hijo tenía cuatro años, pero tenía tantos miedos como yo, y un niño lleno de miedos deja de disfrutar su niñez. Entonces, ver a mi hijo tan triste como yo, y luego enfrentar con ambos una serie de situaciones, me empezó a hacer sentir que yo no tenía más que darles. No sentía que podía darles colores, que podía darles otra cosa, porque adentro no tenía eso. Empecé pensando que quizás mi relación estaba frustrando esa posibilidad mía de ser feliz y es allí donde empiezo la terapia. O sea, empiezo la terapia tratando de encontrar mejores maneras de ser mamá. Yo llego donde una terapeuta especialista en niños porque mi primera motivación es ellos. Es pensar cómo darles la vida que yo no siento que tengo. Es ese reto el que me hizo confiarle mi historia y, a partir de allí, reconocer que era mi historia la que estaba frustrando todo el proceso.

Ahora, por otro lado, en ese año, en esos meses, me llaman para que me integrara a una comisión de rediseño del FSLN, para que reingresara a la vida partidaria de la que yo había estado alejada por seis años, dedicada a mi trabajo con los desmovilizados. Al principio no quería participar. Fue Vladimir Soto, el que hoy quiere expulsarme, quien me convenció de que participara en esta comisión. Entonces empiezo casi al mismo tiempo estos dos procesos: un proceso personal, que me dice que ya no puedo seguir viviendo en una cárcel, que las rejas no me pueden seguir acompañando todo el tiempo y, por otro lado, la entrada otra vez al mundo del partido.

En la Comisión de Rediseño en el FSLN, estaba René Núñez. Cuando empezábamos a enfrentar la desilusión con el partido que sentíamos muchos compañeros y nos preguntábamos si iríamos a trabajar en vano, si realmente sería posible transformar al Frente, René nos inyectó ánimo, nos retó a soñar. Él incluso nos dijo que íbamos a elaborar un sueño: «Permitámonos el sueño —decía—. Después veremos qué pasa. Vamos a revolucionar al FSLN». Él nos hizo sentirnos emprendedores, constructores. Yo, tan necesitada de personas a quién admirar, empecé a admirar muchísimo a René Núñez. Me motivó mucho la frescura que él le imprimía al trabajo, me entusiasmé.

Y cuando me volví a comprometer con el sandinismo de la utopía, con el sandinismo que todos soñamos; cuando empecé a volverme a identificar en relaciones políticas muy humanas con personas como René, Henry, Fanor, Carlos Emilio,* tomé conciencia de que yo, como mujer, estaba atrapada por ese poder político. Porque a raíz de mi trabajo en la comisión, a través del trabajo político, reaparece el personaje, reaparece Daniel Ortega. Entonces otra vez se mezcla el escenario de la violencia que viví, con el escenario político de 1996. Resulta que el Frente que quiero transformar es el Frente que tiene en su dirigencia a una persona que me sigue haciendo daño, que utiliza incluso la participación política nueva mía para volver a recomenzar la agresión. Esto me plantea un dilema moral, un dilema profundo, y cuando analizo ese dilema, es cuando me siento que yo ando cargando una mentira, que yo soy esa mentira.

En el ámbito político es donde más me chocó la mentira. Por eso sí creo que mi motor moral y ético fue el problema político que significaba la mentira que yo cargaba en mi vida: yo decía que era hija de alguien que para mí no era mi padre; yo también lo aplaudía y, al aplaudirlo, era como que me burlaba de mi propio dolor.

* Los integrantes de la comisión eran René Núñez, Fanor Bonilla, Henry Petrie, Carlos Emilio López, Zoilamérica Narváez y ocho personas más que no atendieron el llamado a integrarse a la misma.

En la terapia*, yo estaba haciendo el inventario de los daños que había sufrido, de lo que el abuso sexual había significado en mi vida. La toma de conciencia fue una mezcla entre lo político y lo personal, porque fui tomando conciencia del daño que como mujer había recibido, al mismo tiempo que me daba cuenta de lo destruido que estaba el Frente Sandinista en términos de valores. Entonces toqué mi propio daño y el daño del Frente en un mismo momento.

—¿Y qué hiciste?

—Yo hablo con René Núñez. La primera persona con quien rompo el silencio fue con él. Henry Petrie lo supo antes porque él fue testigo, vivió una circunstancia de acoso donde yo estallé y se lo revelé a él y a otro compañero, pero con René hablo de manera formal. Lo que yo esperaba, en el fondo, era una autocrítica. Lo que yo más necesitaba en el mundo no era solo sanar yo, sino sentir que el Frente sanaba conmigo. Pero René se limitó a decirme que Daniel era terco.

—Decís que Daniel Ortega te volvió a acosar a raíz de tu trabajo en la Comisión de Rediseño y Transformación del FSLN. ¿Cómo fue eso?

—Bueno, desde que yo me separo de Alejandro y mientras trabajo en la comisión, las llamadas aumentan. Usa pretextos políticos para llamarme, como preguntarme:

* Zoilamérica se refiere aquí a la terapia psicológica que había iniciado a raíz de la problemática con sus hijos y que luego continuó con otras terapeutas para dilucidar su problema individual.

«¿Qué vieron en la reunión de la comisión la última semana?». O me dice: «Ajá, andabas con el fulano, andabas con el sutano». Yo me empiezo a preguntar por qué no protesto, por qué no detengo el acoso. Ya había empezado a crecer como madre. Como profesional, empezaba a reclamar espacios en el Centro que yo me había negado, pero las partes de mujer y militante estaban siempre devastadas. No me podía negar a recibir una llamada. Había una parte de mí que continuaba siendo tan humillada, tan agredida, tan pisoteada como siempre; incluso tan dominada, porque aparecía la voz y yo me paralizaba. Para las actividades políticas tuve que construir un escondite. Todas las reuniones eran en el Centro para no hacerlas en la Secretaría, porque allí estaba él. Entonces qué lindo —pensaba yo— reunirse para construir el sueño con René, pero ¿cómo puedo creer en ese sueño con esta conducta de este señor que yo no puedo detener? ¿Cómo vamos a implementar el sueño?

En la terapia con la psicóloga, además, me doy cuenta de que tengo cosas buenas. Pero apenas empezaba a querer hacerme mujer por mí misma, a querer volar, a querer sentir que podía ser querida, que podía sentir otras cosas, aparecía el fantasma y era como que se me cerraba el telón para cualquier posibilidad de felicidad. No era capaz de disfrutar absolutamente nada, porque allí estaba él y no me lo podía quitar de encima. Y la razón porque no me lo podía quitar era una razón política: el poder. Es allí donde me doy cuenta de que yo quería hablar.

—¿Y cómo lograste la determinación para hacerlo? Porque debe haber sido muy difícil, ¿no?

—Precisamente porque era una batalla ética, una lucha ética y moral, mi preparación para dar el grito fue una preparación espiritual. Yo siempre he sido católica, apostólica, practicante. Tengo mis maneras de ver diferentes porque fui de las cristianas afectadas por la politización de la Iglesia de una u otra manera, pero la fuerza de cómo salir de esto la busqué en mi interior, la busqué en mi fuerza espiritual, la busqué en los mensajes que mi abuela, que las personas que ya no estaban conmigo, que la vida, me podían ofrecer. Inicié un proceso de meditación y de encuentro conmigo misma.

Sabía que la fuerza que iba a necesitar no era la fuerza solamente psicológica de haber superado el trauma, sino una fuerza espiritual. Tocar lo que yo toqué al haber hecho la denuncia, al haberme atrevido a manosear lo que mucha gente ha considerado un símbolo, requería de mí toda la fuerza necesaria para que mi mensaje llevara también un signo, un signo de lo más profundo, de lo más genuino de mí misma. Yo necesitaba que me creyeran por la fuerza de lo que soy, de lo que soy como una mujer que está luchando por su vida, no por otras cosas, y eso solo me lo iba a dar la fuerza espiritual. Pienso que las partes mías que están permitiendo que yo renazca son la fuerza espiritual y la base afectiva que me dio mi abuela.

—¿Y cómo ha sido esta lucha?

—Es difícil. Hay una sensación en el cuerpo de que seguís batallando contra la omnipresencia, la omnipotencia de la persona. El alma trasciende, pero en el cuerpo han quedado las señales, las heridas, el miedo. Yo tengo que reafirmar cada día que creo en mí, que soy capaz, que no me destruyeron. Tengo que ir sustituyendo con vida todas las partes de mí que estaban muertas.

—¿Vos esperabas una reacción diferente de parte de Daniel Ortega, de tu mamá?

—Yo me preparé para lo peor, pero uno siempre tiene esperanzas. Puse esperanzas en que mi madre reconociera lo que había pasado. Puse esperanzas en que Daniel aceptara lo que pasó, que reconociera el daño que me hizo. También tuve esperanzas de que René se pusiera de mi lado. Yo esperaba otra cosa y lo sigo esperando, porque no me puedo cerrar a la posibilidad de que las personas cambien. Yo siempre espero que en algún momento estas personas me vean. Y me estoy acostumbrando al tiempo, estoy teniendo paciencia. Voy a esperar porque ese momento de asumir la verdad va a llegar.

—¿Qué crees que pasó con tus hermanos?

—Sea lo que sea que ellos piensen, no hay que perder de vista que esta es para ellos una elección entre su padre y yo. Tienen muchas más razones para estar con su padre —y no me refiero solo al poder—, porque han convivido con él; mientras que a mí no me conocen, puesto que me fui de la casa en el 86, cuando el mayor de ellos —los hijos de Daniel— tenía cinco años y cuatro de ellos no habían nacido. En cuanto a Rafael, sé que nada de lo que hizo lo hizo sin sentir dolor, pero él está defendiendo lo que él considera en este momento que debe defender. Pero yo sé que me voy a reencontrar con ellos más adelante. Con él y con Tino.

—¿Sentís que el hecho de hablar ha sido liberador? ¿Romper el secreto es parte de la curación?

—Si mi sufrimiento puede ser recibido por muchos; si en este país que ha sufrido tantos dolores por guerra, por dolores políticos, por hambre, por explotación, puede volver a surgir la solidaridad; si la gente se puede abrir al dolor de los demás, entonces vamos a empezar a ser un país, una nación.

El acto de hablar es el acto de creer en uno mismo. No se habla para acusar o condenar. Hablamos para decir: «Aquí estoy». Es un acto para hacer presencia en el mundo, porque el abuso sexual te deja en condiciones de invisibilidad. Te invisibiliza la esperanza. El hecho de tener alojado ese dolor, de sentir miedo de salir, te hace pensar que estás condenada en vida. El acto de hablar es la primera manera de hacer presencia en el mundo, pero los demás deben tener una forma diferente de recibir el sufrimiento. Tenemos que abrirnos, porque esto no es un asunto de leyes únicamente, sino que tiene que ver con la confianza que vayan a tener otras mujeres, de que va a haber quien las entienda.

¿Cuál es la tragedia de las historias que uno lee en el periódico? Que a las muchachas abusadas la mamá las corre de la casa. A veces son muchachas de catorce años, embarazadas de sus padrastros. La muchachita acaba en la casa de un vecino, convencida de que nadie la quiere. La justicia no está en si hay condena o no hay condena; está en la posibilidad de la sociedad de asumirnos, de adoptarnos, de darnos amor, cariño, lealtad y protección a las mujeres que hemos vivido eso, porque está demostrado que el abusador no tiene la fortaleza como para dejar en paz a la víctima.

—¿Qué le aconsejarías a otras mujeres en tu situación?

—Yo creo que una mujer que esté viviendo lo que yo he vivido tiene que confiar primero en sí misma, creer en que va a poder. En el grito hay un instinto de renacer. Cuando vos hablás empezás a sentir, por primera vez, que tu vida depende de vos. Mi denuncia fue la primera cosa que yo hice por mí en mi vida. Y ese instinto de vida hace que otras despierten. Yo pienso que hay muchas mujeres que me están observando a mí.

Y yo quiero decir que mi razón ética y moral está en mi ser mujer. Soy mujer, quiero ser mujer y quiero que se me permita ser mujer en un mundo que debe ser para hombres y para mujeres. Porque en mí se ensayaron todas las formas de dominación masculina. Todas. No hay una que no esté presente en mi caso.

Creo que reivindico la desaparición de todas esas formas de dominación a partir de que nosotras mismas, las mujeres, las enfrentemos. Este es un reto también para los hombres, porque significa reconocer el dolor y la miseria que son capaces de causar. Ningún hombre puede considerarse libre de la posibilidad de convertirse en abusador hasta en su misma casa, si no analiza a profundidad su propia condición de dominador. Es necesario que todos y cada uno reflexionemos: las mujeres, sobre lo que las ha dominado, y los hombres, sobre lo que los ha hecho dominar y abusar. Solo en ese proceso le encontraremos razón a todo esto. El poder que yo pueda llegar a tener no es un poder material, sino el poder de mi propia humanidad, de mi propia conciencia. Este es un valor que trasciende la política, trasciende el interés de un partido. El éxito de mi causa está en la posibilidad de que muchas personas se humanicen, de que puedan ver dentro de sí cuantas veces en su vida han abusado de la humanidad de otro ser.

—¿Y tenés esperanzas de que las personas que están en la Asamblea desaforarán a Daniel Ortega?

—Yo espero que todos los que van a tener que incidir en el asunto de la desvaloración logren hacer de este momento un momento de contrición y reflexión; no por mí, sino por el país. Espero que esta no sea una nueva oportunidad para agredir al país.

Yo soy sandinista porque aprendí muchas cosas con el sandinismo. Pero mi lucha trasciende lo que hasta ahora hemos entendido por la política. No es a partir de los partidos políticos que se pueden enfrentar los males mayores, como el mal del miedo, que es una epidemia. Estas no son cosas que enarbolan como banderas los partidos políticos. Es otro tipo de convivencia la que tenemos que establecer. Los partidos, por lo impersonales que son, no pueden tocar la individualidad y la conciencia. Y lo que necesitamos es precisamente volver a la conciencia, pero este es un proceso de cada uno y no de colectivos.

—Me hace pensar en una frase muy profunda y hermosa de Jean-Paul Sartre: «No creo en el revolucionario que es capaz de amar al pueblo, pero no es capaz de amar a los seres que tiene más cerca». ¿Qué esperás lograr de todo esto?

—Yo quiero vivir. Estoy empezando a vivir. Quiero vivir. Cada mujer que se desate, cada mujer que emprenda su vuelo debe tener conciencia de que en sus alas lleva otro montón de seres, de personas. Antes, el ser ejemplo era el que cortara más café, el que fuera a más batallas, la militante vanguardia, el buen alumno. Pero el ejemplo que ahora necesita la sociedad, los hombres y las mujeres, es el ejemplo de la felicidad. Es el ejemplo de verte siempre motivado; el ejemplo de tener energías, de tener optimismo; el ejemplo de respetar a los demás; el ejemplo de ser vida y de ser genuina. Mi reto es ser feliz, porque otras mujeres van a necesitar verme feliz para creer que ellas también pueden llegar a serlo.

[Entrevista publicada en *El Nuevo Diario*, Managua, julio de 1998.]

III
Mi identidad: mujer y escritora

Y Dios me hizo mujer

Y Dios me hizo mujer,
de pelo largo,
ojos,
nariz y boca de mujer.
Con curvas
y pliegues
y suaves hondonadas
y me cavó por dentro,
me hizo un taller de seres humanos.
Tejió delicadamente mis nervios
y balanceó con cuidado
el número de mis hormonas.
Compuso mi sangre
y me inyectó con ella
para que irrigara
todo mi cuerpo;
nacieron así las ideas,
los sueños,
el instinto.
Todo lo que creó suavemente

a martillazos de soplidos
y taladrazos de amor,
las mil y una cosas que me hacen mujer todos los días
por las que me levanto orgullosa
todas las mañanas
y bendigo mi sexo.

CELEBRAR SER MUJER

Me asombra que no sea común tener ese momento de lucidez en que uno se percibe como un ser único y separado de los demás. En mi caso, puedo recordar el momento en que tomé conciencia de mi individualidad, y a renglón seguido, de mi sexo. Reconocí mi experiencia en un verso del poema de Peter Handke que aparece al comienzo de la película de Wim Wenders, *Cielo sobre Berlín*. El verso dice: «Cuando el niño supo que era un niño».

Yo lo supe durante el recorrido de mi casa al colegio en el coche de mi padre. Tendría quizás seis o siete años. Iba sentada en el asiento trasero, en medio de mis dos hermanos varones. Puede que haya estado intentando salirme de mi cuerpo y pasarme al de mi amiga Marisa, que no tenía hermanos varones. El asunto es que súbitamente, junto con la imposibilidad de ejecutar ese acto mágico, se me reveló una verdad deslumbrante y aterradora: yo existía solamente dentro de mi cuerpo, no podía salir de allí. Esa piel, esas piernas, esas manos eran el límite final de mi ser; de ese entorno físico no podía escaparme. Jamás podría saber lo que era ser mi amiga Marisa, o mi hermano. Yo era Gioconda. Siempre sería Gioconda. Del asombro de saberme limitada, pasé a agradecer el hecho de ser mujer y no hombre.

Resulta que mi padre había establecido una jerarquía hogareña: la mamá era la «reina» de la casa, a quien debíamos admiración, respeto y veneración. La seguíamos las niñas de la familia: Gioconda y Lucía (Lavinia llegó más tarde), que, por ser mujeres, éramos las «princesas». Mi papá, lógicamente, era el «rey». Los «plebeyos» eran mis dos hermanos: Humberto y Eduardo. Ellos tenían la responsabilidad de instruirse y prepararse para, eventualmente, sustituir a mi padre. Era implícito que llegarían, si hacían bien las cosas, al nivel de autoridad que les correspondía, pero mientras tanto, eran súbditos con muy pocos derechos y muchas responsabilidades.

En términos de profesar la idea de que las mujeres de la casa requerían protección, mientras que los machos jóvenes debían aprender a convertirse en defensores de sus hembras y proveedores del sustento, mi familia fue como muchas familias latinoamericanas en el siglo XX. Tuve la suerte, sin embargo, de que mi madre se propusiera ser más moderna y menos pueblerina que sus contemporáneas. Ella se había educado en Estados Unidos y concluyó su bachillerato en una época en que la mayoría de las muchachas de su clase completaban, a lo sumo, el tercer año de secundaria. La educación formal poco pesaba a la hora de ser una buena esposa o ama de casa.

Educarme a mí fue una misión que mi madre tomó en serio. Creo que, por mi parte, contribuí a su tarea no negándome como niña rebelde a sus enseñanzas, sino aceptando su guía. La respeté y admiré como una mentora cuyas palabras, estilo y ejemplo, me deslumbraban.

Ella era el modelo exquisito de mujer que yo quería imitar. Pequeña de estatura, delgada, elegante, mi mamá creía en la belleza como una de las piedras fundacionales de la identidad femenina. Más que un físico perfecto la entendía como el cuidado que la mujer debía a su arreglo personal. Iba al salón de belleza semana a semana para hacerse la pedicura, la manicura y el pelo. Juan, su peluquero catalán, se encargaba de mantenerle la cabellera y de aplicarle los tintes. Mi mamá no cambiaba su peinado corto, pero cambió muchas veces su color de pelo. Dormía hasta tarde, pero a la hora del almuerzo, cuando llegaba papá, ya estaba acicalada, bien vestida y maquillada para recibirlo.

Este ritual nos lo grabó a las hijas: había que arreglarse no solo para el marido, sino también para el mundo. Hasta el día de hoy, conservo esa lección incluso a veces a mi pesar. Soy incapaz de salir a la calle desarreglada, sin peinarme o sin al menos un poco de *rouge* y lápiz de labios. ¿Se trata de la feminidad como seducción, como deseo de agradar al otro, o la simple gentileza de no someter a los demás a esos atuendos de *flip-flops*, flojos pantalones cortos y camisetas viejas sin mangas, con que la comodidad ha triunfado sobre la estética hoy en día? No lo sé, pero una cosa sí creo: adornarse para lucir bello o bella es una práctica milenaria. A los seres humanos nos gusta la belleza, nos despierta vibraciones estéticas placenteras. Las mujeres hemos hecho del culto por la belleza una especialidad que, como cualquier actividad, está sujeta a distorsiones y ha sido, sin duda, terreno fértil para el consumismo a ultranza, pero negar la seducción de la belleza es negar un instinto fundamental de nuestra especie. Mi madre sembró los hábitos de esta convicción suya en mí. Y siempre he sentido que de la belleza de la mujer emana un poder extraordinario. Nótese bien que no digo de ser bella, sino «de la belleza».

Mi madre no tenía un pelo de frívola. Para ella, la fuente de poder de las mujeres era una combinación de varias capacidades: un sentido estético en relación con su cuerpo y su entorno; un organismo admirable, capaz de reproducir la vida; una ética basada en la empatía derivada de la maternidad y una inteligencia tan sagaz como la del hombre, pero con el agregado de la intuición y la emotividad. Mi mamá era de la escuela de ¡Viva la diferencia!; por lo mismo, consideraba al hombre esencial y complementario para la felicidad de las mujeres.

Cuando me hice adolescente y empecé a ir a mis primeras fiestas, ella me dio una serie de instrucciones que me fueron útiles: «Así como te gusta que te digan que vas guapa, a los hombres el halago también les gusta. Fíjate si andan con una corbata bonita, si bailan con gracia y lo mencionas. Eso los hará sentirse bien». También me recomendó que mi apretón de manos fuera firme, no blandengue y lánguido, y que, al conversar, no bajara los ojos.

Por otro lado, la educación sexual que recibí de ella fue inmejorable. Me explicó el acto sexual en los mejores términos. Me dijo, recuerdo, que era «el acto de comunicación más hermoso y profundo entre un hombre y una mujer». Nada era más íntimo y grandioso que el momento cuando la pareja formaba un solo cuerpo. Era lógico, decía, porque de esa acción provenía la vida nueva de otro ser humano. Nada era prohibido con la pareja de uno, añadió; «nada, nada», enfatizó. Jamás separó el placer de la sexualidad, ni ligó de forma indivisible la sexualidad y la reproducción. Su versión de lo que era ser mujer, de la fuerza, de la belleza implícita de nuestro género fue su legado para mí; un legado nada común que, mientras más vivo, más aprecio. Hay que ver las secuelas dañinas de la educación mojigata o del temor y la culpa con que se tratan los cuerpos y la sexualidad.

Las madres tienen mucho que aportar en el proceso de concientizar a sus hijas sobre los poderes biológicos, estéticos, éticos e intelectuales de su género, poderes que vamos reconociendo y reclamando lentamente y no sin controversias, en la búsqueda de una sólida y positiva identidad, una nueva manera de sabernos mujeres.

Esa mirada positiva y empoderada de mis funciones biológicas, de mi cuerpo y mi rol en la vida humana, condujo a que celebrara mi ser mujer a pesar de las obvias dificultades y obstáculos que significa el machismo. Precisamente por eso fui menos hierba seca cuando quisieron incendiarme.

[Publicado con el título «La identidad: saberse», *circa* del año 1990.]

La creación de nuevas utopías: ¿Un desafío literario?

Y decía Cortázar: «Cuántas veces me pregunto si esto no es más que escritura, en un tiempo en que corremos al engaño entre ecuaciones infalibles y máquinas de conformismo. ¿Pero preguntarse si sabremos encontrar el otro lado de la costumbre o si más vale dejarse llevar por su alegre cibernética, no será otra vez literatura?». Y más adelante añadía: «Pero ¿de qué nos sirve la verdad que tranquiliza al propietario honesto? Nuestra verdad posible tiene que ser invención, es decir, escritura, literatura, pintura, escultura, agricultura, piscicultura, todas las turas de este mundo. Los valores, turas, la santidad, una tura, la sociedad, una tura, el amor, pura tura, la belleza, tura de turas».

Había escrito ya varias páginas de esta ponencia, presentación, tura, cuando me di cuenta de que me sumía en un pozo sin fondo en el que arriesgaba no solo confundirme a mí misma, sino a todos los que me escucharan. La verdad es que querer explicarse el mundo y asignarse uno un lugar, por pequeño que sea en él, en estos tiempos en que corre el año 1991, es tarea de seres prodigiosos que sean una mezcla genética de malabarista, filósofo, historiador, colector de basura, hermafrodita, vidente, bruja, socióloga… en fin.

Creo sinceramente que la capacidad del asombro y su elaboración han sido rebasadas y que, para que no nos enredemos y decirlo sencillamente, nos encontramos con la boca abierta, o como que nos acabaran de dar un golpe en el estómago jugando pelota y todo el aire se nos hubiera salido de los pulmones. Quienes sean capitalistas estarán, como un amigo mío capitalista muy consecuente, preocupados por las señales que, según él, anuncian la decadencia del capitalismo; quienes sean o hayan sido de izquierda estarán preocupados por el «fracaso» del socialismo; los que están en medio estarán quizás menos atormentados, pero más aburridos y, sin duda, con temores que van desde los asaltos diurnos hasta los nocturnos.

El mundo de hoy es un lugar feliz para los que no piensan quizás. Para todos los demás y para nosotros los intelectuales, que nos ganamos la vida pensando, el mundo de hoy es un gran interrogante o un infierno. En estas circunstancias, hablar de cánones literarios o de nuevas utopías es hacer un ejercicio como el que mencionaba Cortázar en la cita con que inicié esta disquisición… o sea, es una tura. Pero si seguimos al maestro y pensamos que nuestra verdad posible tiene que ser invención, que nos está dado como seres literarios el don del deicidio —que, vale decir, es más fácil que el historicidio— podemos tratar de inventar una TURA mayúscula y con ella, con una pequeña idea, con una piedrita en el zapato, mover algunos corazones, no ya quizás para que muevan el mundo, pero para que al menos no dejen que se detenga.

Al que no necesite utopías y duerma tranquilo y feliz en el planeta este en que habitamos, lo felicito. Yo, como nicaragüense, como mujer latinoamericana, no puedo vivir sin esperanzas y sin creer en la posibilidad de los sueños. Creo que, en esto, hay más de la mitad de un continente que me secunda, porque sin esperanzas la vida en América Latina sería imposible. Los latinoamericanos hemos andado, sin embargo, ya varias décadas encaramadas en varias esperanzas y, a estas alturas, el verde reluciente que se dice es el color de esta virtud, está cascado, chopeado y mustio. No se desvanece totalmente porque es nuestro único pasaporte a la sobrevivencia, pero el color se deslava, se desvanece y, si no acudimos en su auxilio, corre el peligro de terminar gris, o de simplemente desaparecer agobiado por el afán de homogeneidad, de aculturación, los McDonalds en las carreteras, los programas enlatados en la TV, las transnacionales y las armas inteligentes que proclaman una doctrina Monroe que se extiende ahora a todo el redondo globo que es la Tierra.

Este auxilio del que hablo se puede parecer otra vez a una célebre polémica que se dio, allá por los benditos años 60, y en la cual las mentes más lúcidas del *boom* discutieron sobre el «compromiso» del escritor: o sea, si un escritor debía comprometerse con causas políticas o si su mayor compromiso era la literatura. Eran tan buenos los argumentos de una y otra parte, que al final la mayoría de los escritores latinoamericanos adquirieron un doble compromiso: fueron políticos y fueron escritores. En aquellos tiempos, sin embargo, los compromisos eran más claros. Eran tan claros que uno no podía obviarlos, darles la espalda, pretender que no se veían. Aun los que pretendieron hacerlo se vieron perseguidos por los personajes de la realidad que se les metían entre las páginas de los libros y hablaban por sus bocas forzándolos a la ventriloquía. Para escaparlos, varios de ellos optaron por la renuncia pública, por renegar, por negarle la paternidad a sus propios engendros y declararse curados de espanto y de sueños. Pero no nos ocuparemos de ellos ahora. Los compromisos actuales, esos que puedan renovar la esperanza, son, como decía, menos evidentes en tanto el panorama mundial se ha transformado radicalmente y las Biblias en las que se leía la génesis del hombre nuevo tienen que aprender a leerse como libros humanos y falibles y no revelación divina. Fueron invención, experimentación y, si descartarlos totalmente sería un error, no menos error sería no ver que el mundo ha cambiado. Sin embargo, no puede uno tampoco obsesionarse con los cambios.

La situación que engendró revoluciones en América Latina, revoluciones capaces de quitarles el sueño a más de algún presidente de Estados Unidos, sigue intacta; la injusticia sigue intacta, la pobreza sigue aumentando. Sigue siendo necesaria una respuesta, sigue siendo necesaria la Palabra, el Verbo, el Sueño que proponga la transformación de la realidad, que proponga la realidad posible.

A mi manera de ver, los nuevos cánones literarios estarán íntimamente vinculados a la creación de nuevas utopías. La pregunta de Tolstoi —¿qué haremos y cómo viviremos?— no puede únicamente ser contestada desde una literatura de la desesperación o desde un individualismo que rehúse —en nombre de la modernidad—confrontar y tomar en cuenta los problemas del colectivo. Más aún, en estas condiciones confusas y difíciles, es necesario replantearse el compromiso del intelectual, del escritor, bajo una perspectiva más seria; precisamente porque una de las verdades más contundentes que se han evidenciado en los últimos años es la crisis ética, de valores. Y esta crisis ética ha sido y sigue siendo, también, una crisis estética. Y me atrevería a decir que la una ha incidido en la otra dialécticamente y no en una relación mecánica de causa y efecto.

Sin entrar en el terreno de la política —lo cual es sumamente difícil no hacer para una latinoamericana, pero haré el esfuerzo en nombre del consenso—, creo que nadie que se considere «intelectual» en estos tiempos puede dejar de ver que nos aproximamos al año 2000 en un mundo en que las transformaciones ideológicas que han derechizado aún más a la derecha (hay que aprender de la derecha su capacidad de renovarse) todavía se amparan en una semántica que ellos han ido adecuando sutilmente a otras equivalencias. Usando la palabra «democracia», y en la defensa de un nuevo contenido de la misma palabra, los Estados Unidos, por ejemplo, sabotearon sistemáticamente a la revolución nicaragüense, invirtiendo millones de dólares en destruir el consenso popular alrededor de la Revolución Sandinista, hasta culminar en la derrota electoral del FSLN. Ese pueblo nicaragüense, hambriento y asolado por una guerra interminable, jamás le interesó sin embargo a la administración norteamericana. Tan es así que ahora el gobierno «democrático» que ellos implantaron se ahoga por falta de recursos, mientras los organismos financieros de los que Estados Unidos es palanca fundamental se niegan a brindar apoyo económico con el pretexto de que el gobierno es «ineficiente», como si ellos mismos no lo hubieran escogido y ungido a sangre y fuego.

Las palabras «democracia», «libertad», «libre mercado» han sido imbuidas de nuevos significados oscuros que transgreden el orden internacional y, sin embargo, la derecha puede recetarnos «un nuevo orden internacional» en el mismo momento en que bombas «inteligentes» transportan a Iraq a la Edad de Piedra. Si quienes manejan estos términos a su antojo serán los llamados a «dominar» el mundo, es obvio que la sobrevivencia de cualquier proyecto nacional en América Latina es una aventura arriesgada, cuando no imposible. Pero si la alternativa es la conmiseración y el derrotismo; si los creadores, los inventores, nos dejamos llevar por la desilusión y la parálisis de la hormiga ante el elefante, no solo nos quedaremos sin países, sino que nos quedaremos sin palabras. Es aquí donde entran a jugar con toda su fuerza los retos planteados: aunque sean invención, turas, locuras, las utopías literarias son hoy, más que nunca, una necesidad, y los intelectuales somos hoy, más que nunca, necesarios.

Quizás podríamos visualizar y plantearnos una revolución «idealista» y no «materialista», en la que le demos predominancia a las ideas, a la diseminación de una nueva ética, de un nuevo mundo posible; una revolución que altere las etapas preconcebidas por los libros sagrados. Gramsci decía —y ahora su pensamiento ha sido iluminado por los recientes acontecimientos históricos— que mientras los pueblos no hubieran asimilado una nueva ética, nuevos valores, las ideas revolucionarias no solo les iban a ser ajenas, sino que incluso podrían provocarles hostilidad.

Desafortunadamente, el papel de los intelectuales como forjadores de sueños en las mentes de la gente no ha sido aprovechado, sino más bien coartado por las revoluciones demasiado ocupadas en ganar batallas coyunturales, hundidas en el materialismo de la existencia. Si la derecha ha sabido ganarse a los intelectuales —incluyendo a los de la izquierda—, usándolos para reproducir la superestructura ideológica del sistema, incluso desde una posición crítica que se considera parte de las reglas del juego «democrático», los proyectos «utópicos», centrados en la transformación de las condiciones materiales, no solo consideraron que la ideología dominante sería sustituida por añadidura, sino que negaron la invención a los intelectuales, forzándolos a un realismo chato que no solo tuvo efectos devastadores en el arte, sino que impidió la renovación creativa de los símbolos y códigos del lenguaje. Se decretó, de hecho y sin medir las consecuencias, un estancamiento intelectual que socavó el sueño y lo tornó gris, esquemático y empobrecedor del espíritu.

A mi manera de ver —y aunque suene totalmente marciano—, los nuevos cánones literarios deberán surgir en la conformación de un compromiso «idealista» que no atribuya a la materialidad de la existencia humana el predominio absoluto y definitorio sobre el futuro de la humanidad, sino que se plantee la defensa inteligente, creativa, estética, de las ideas, de los conceptos éticos que son patrimonio de la humanidad, pero que están siendo reformulados, subvertidos y manipulados por una derecha que cuenta no solo con recursos materiales, sino con ideólogos e intelectuales brillantes.

La propuesta del gran maestro Cortázar de que nuestra verdad posible tiene que ser invención es hoy más actual que nunca; es, de hecho, la única manera en que podrán sobrevivir no solo las esperanzas de América Latina, sino las de todo el mundo. Aunque no existan ni parezcan posibles en la actualidad, las utopías en el mundo de la realidad, en el mundo de la ficción sí son posibles. Si la literatura logra rendirlas creíbles y posibles, convirtiéndolas en ficciones que pasen a vivir en las mentes de los hombres y mujeres, su existencia inmaterial puede convertirse en su medio de subsistencia real. La idea de los libros subversivos, de las ideas capaces de mover el mundo no es nueva, pero hay que darle nueva vigencia y contenido. Hay que crear nuevos mundos, nuevas sociedades, nuevas relaciones humanas en la literatura, en la pintura, en todas las artes. Así los seres humanos de esta y de las futuras generaciones, aunque vivan en un mundo de plástico, con máscaras de gas y pestes, sabrán que hay otra realidad posible y algún día se atreverán a lanzarse en su búsqueda y a llamar de nuevo al pan, pan y al vino, vino.

[Ponencia leída en Claremont College, New Jersey, 1991.]

Memorias eróticas

El erotismo apareció por primera vez en mi vida en la forma de una almohada. Tendría a lo sumo cuatro o cinco años, pero como un antiguo daguerrotipo, permanece en mi memoria el momento en que mi papá me enseñó a dormir sobre un costado abrazando una. Era la fórmula, me dijo, para sentirme acompañada por la noche y dejar de tener miedo de la oscuridad. Aprendí entonces a construir un pequeño nido para dormir. Sufro cuando tengo que pasar la noche lejos de casa y me percato de que hay una sola almohada. Si no logro agenciarme de otra, no descanso hasta que «fabrico» una con las toallas del baño, el cubrecama o, incluso, con mi propia ropa.

En el mapa temprano de mi erotismo existe también el sabor de los dulces rojos, redondos y brillantes que el farmacéutico de la droguería cercana a mi casa me entregaba a través del mostrador, luego de sacarlos de unos redondos y relucientes tarros de vidrio. Esperaba expectante el crujido del celofán cuando él los metía en una bolsa de papel marrón y yo extendía desde mi corta estatura la mano para recibirlos mientras se me hacía agua la boca.

Mi fantasía erótica con los dulces llegó a su clímax cuando enfermé de hepatitis a los nueve años. Tuve que guardar cama por dos meses y el doctor prescribió el azúcar como cura para esa dolencia. Jamás habría soñado posible comer tantos caramelos como los que me suplió mi padre. Lo convencí de que atara una bolsa de los caramelos rojos al cordel de la cortina de la ventana, al lado de mi cama. Hice un agujero al fondo de la bolsita y, acostada en la almohada, sacudía el cordel y los dulces me caían en la boca como desde una piñata.

La hepatitis fue una experiencia erótica: no solo por el placer de los dulces sino porque en esos días florecieron los azahares de las limonarias y el aroma se filtraba por mi ventana y se introducía en mis sueños, mientras mi madre me contaba cuentos por la tarde. Cuando empezaba a anochecer, regresaba mi padre y a menudo aparecía con libros de historias ilustradas, o con la más reciente entrega de las colecciones de enciclopedias a las que me suscribió. Me complacía no tener la competencia de mi hermano mayor, siempre usando su mayoría de edad para reclamar el primer turno de lectura. Él debía ir a la escuela, mientras yo, como una princesa asiática, me quedaba en cama durmiendo hasta tarde, comiendo dulces y leyendo cuentos fantásticos.

De adolescente me sedujo el olor insuperable de los libros nuevos. Los libros de ahora ya no huelen así. Iba con mi madre al colegio a comprar los del nuevo curso en corredores atestados de padres y madres. Ansiaba el momento de llegar a casa y quedarme con ellos para meter la nariz entre sus páginas. Los olía uno por uno y mis favoritos eran los de papel fino, de páginas más amarillentas que blancas; o los de hojas pesadas que, muy cerradas unas con otras, guardaban ese olor penetrante en la juntura, donde yo hundía mi nariz por largos y preciosos minutos, ceremonia que repetía a menudo durante el primer trimestre de clases, antes de que el uso y la costumbre se llevaran el aroma primigenio, o los asociara con algún profesor que me disgustaba.

Afortunadamente, por la época en que los libros perdían su olor a nuevos, arreciaban las lluvias en Nicaragua y mis fosas nasales se poblaban del embriagante olor a tierra mojada. Por las mañanas mi almohada de abrazar estaba fresca y podía ir rotándola contra mi cuerpo, despacito, para acariciar mi torso con sus esquinas refrescantes, al tiempo que movía los pies lentamente, de un lado al otro de la cama, para sentir el efecto de la lluvia enfriando lo que antes el calor tornara en estorbo.

Durante las lluvias de mayo, equivalentes en el trópico a la primavera europea, el erotismo explotaba en tonos de verdes por todas partes. Era una delicia dormir escuchando el aguacero contra el zinc de los techos, o el torrente que se derramaba por el canal de desagüe en la esquina de mi habitación. Los sábados y domingos, uno podía pretender que el mar había invadido el jardín. Al menor descuido de los ojos siempre vigilantes de mis padres, mis hermanos y yo nos deslizábamos sobre el lodo del patio, o hacíamos tortas de lodo, chapaleteando sin zapatos y sintiendo la tierra mojada meterse entre los dedos de los pies. El lodo era para nosotros como la nieve en los países fríos. Con lodo hacíamos bolas pesadas con las que nos enfrascábamos en batallas sucias que nos dejaban con las pestañas y el pelo embarrados y oliendo a innombrables sustancias vegetales. En ceremonias secretas, todos enlodados, nos hacíamos pipí para observar los caminos que abría el líquido cálido sobre nuestras piernas, mientras los hermanos varones perforaban con sus potentes chorros agujeros redondos en las perfectas bolas de lodo amasado.

Entre mis experiencias sensoriales de esos años, gracias a lecturas de romances o enamoramientos, desarrollé algunas de platónico romanticismo. El primer amante de una de mis vacaciones de verano, a los once o doce años, fue el mar. Con mi nada escasa fantasía, decidí que el mar se había enamorado perdidamente de mí. Descubrí esto cuando, en una de mis caminatas vespertinas en la playa, observé que las olas se me acercaban muy mansas, sin atreverse a mojarme el ruedo de los pantalones. Desde ese día caminaba con gran atrevimiento, incluso en las horas de la marea alta, bordeando el lugar donde las olas llegaban a lamer la arena de la playa, segura de que el amor del mar impediría con gran delicadeza que una ola impertinente subiera demasiado alto y echara a perder mi ropa limpia de las tardes.

La noción de que aquel enorme cuerpo líquido me amaba y me trataba de una forma especial me obligaba a largos silencios y a corresponderle con monólogos secretos en los que me enfrascaba, subida sobre una roca muy cerca de donde las olas reventaban. La roca se conoce como «La Peña del Tigre», porque se asegura que un hermoso espécimen había tenido su madriguera en una cueva cuya entrada se divisaba como una hendidura en uno de los lados de la enorme formación rocosa. Mis hermanos y yo, guiados por el mayor, armamos una expedición al interior, solo para salir corriendo cuando una bandada de murciélagos alarmados por la luz nos salió al encuentro. En esa formación había también una cruz en una peña llamada «Del estudiante», porque se decía que un joven que estudiaba en ese lugar no se había percatado de que la marea crecía y una ola lo arrancó de su asiento y se lo llevó mar adentro.

¡Ah! ¡Cómo hilvané historias acerca de aquel muchacho muerto! ¿Habría estado, como yo, hablándole al mar? ¿Estaría acaso enamorado y distraído contemplando el crepúsculo? Imaginaba que el mar me susurraba en las olas el secreto y que el espíritu del estudiante se ocupaba de apaciguar al tigre que vagaba furioso porque su refugio estaba invadido por los murciélagos.

Fue en esa playa, años después, cuando entrada en la adolescencia empecé a adivinar las bendiciones que la posesión de un cuerpo humano con cinco sentidos me deparaba. Tendría yo trece o catorce años. Era una muchacha tímida y observadora, que podía a la menor provocación perder la timidez y mirar con desafío a los adolescentes amigos de mi hermano que, apocados, bajaban los ojos o se iban a jugar a la guerra o a la lucha libre como único recurso para afirmar su incipiente masculinidad.

Uno de aquellos jóvenes, una de esas noches de vacaciones, mientras jugábamos en grupo alrededor de una hoguera en la playa, y él a mi lado parecía no temerme, cavó un túnel con su mano en la arena hasta que llegó bajo la mía y empezó a tocarme la palma que yo, sin percatarme, apoyaba sobre la arena. Suavemente, como quien toca a la puerta secreta de un castillo, sus dedos empezaron a rascar mi mano abierta y extendida sobre la arena. No lo miré, pero tampoco retiré la mano. Mientras, ajenos, mis hermanos jugaban junto al fuego, yo lo dejé que explorara cada una de mis falanges, que volviera una y otra vez a pasar la yema de sus dedos sobre las líneas de la palma abierta de mi mano. No me moví de allí. Ni nos hablamos, ni nos miramos. El fuego se apagó. Diestramente, sin que nadie lo notara, él cubrió el túnel y junto a los demás nos sacudimos la arena y entramos a la casa para retirarnos a dormir.

Esa noche me desvelé apretando mi almohada, traspasada por una sensación marítima de olas cálidas yendo y viniendo por mi cuerpo sin sosiego. Al día siguiente, el chico se fue sin que una mirada o un abrazo admitiera nuestra complicidad de la noche anterior. No volví a verlo. Se fue a estudiar al extranjero. Me entristecí, pero supe que había encontrado otro erotismo, más delicioso y peligroso que el placer de los dulces, del olor a libros y del lodo.

[Publicado en *Latinotek*, medio digital, 25 de julio de 1994.]

Un cuarto de siglo haciendo literatura

Creo que soy una mujer feliz. La vida me ha bendecido dándome un padre y una madre solidarios y dulces, tres hijas y un hijo de los que cada día me enorgullezco más, un hombre que quiero y respeto, amigos y amigas entrañables, un país pequeño pero extraordinario y un tiempo histórico donde me tocó soñar y ver la posibilidad y también la vulnerabilidad de los sueños. Me siento agradecida por los dones: por los que llegaron como caídos del cielo y por los que tuve que sufrir y luchar.

Es con esa vida y esos materiales que se ha forjado la literatura que he hecho a lo largo de estos veinticinco años: una vida bebida hasta el fondo, a veces con miedo, a veces con temeridad. Pero mi vida y mi literatura tienen múltiples deudas de gratitud para con las personas que fueron mis cicerones en el camino de la escritura.

Francisco de Asís Fernández «Chichí» —poeta, presidente del Festival Internacional de Poesía de Granada— dice que bromeaba cuando me dijo, allá por 1969, cuando los dos trabajábamos con el gran maestro de las comunicaciones, Bosco Parrales, en Publisa:

«Escribí que tenés una responsabilidad histórica». Yo le había contado que se me ocurrían frases, quizás poemas, pero que no me animaba a escribirlos. Él me dijo aquella frase muy seria o, al menos, creí que me hablaba en serio. Y esa noche, en mi casa, con una vieja Olivetti eléctrica que compré con el primer salario que me gané en la vida, escribí seis poemas, uno detrás del otro, como posesa.

Se los enseñé con vergüenza al día siguiente. Carlos Alemán Ocampo —cuentista nicaragüense— estaba de visita en la oficina de Chichí y ambos los leyeron, mientras yo esperaba en silencio, nerviosa, su veredicto. «Muy buenos», dijo Chichí, con esa voz ancha y sonora que lo caracteriza. «Tenés que trabajarles algunas cositas, pero están muy buenos.» No sé si fue él o Carlitos Alemán que dijo: «Cuando llegués a ser como nosotros, todo lo que escribás será bueno, pero mientras tanto, tenés que trabajar». La modestia no era una virtud que mis mentores admiraban mucho, obviamente.

El asunto fue que se entusiasmaron y Carlos salió para donde el poeta Pablo Antonio Cuadra —fue director del suplemento cultural del diario *La Prensa*— con mis poemas. Dos días después, Róger Pérez de la Rocha —pintor, miembro del Grupo Praxis de los años 70— apareció por mi casa, comisionado por el poeta Pablo para hacerme un dibujo. Una semana después, mis poemas aparecieron publicados en *La Prensa Literaria*.

Chichí, sobre todo, pero también Carlos Alemán y Pablo Antonio Cuadra me iniciaron en el oficio, sugiriendo lecturas, enseñándome las alquimias secretas que hacen de un poema un puño al que no debe sobrarle ni faltarle nada: un «nacatamalito», como solía decir Francisco de Asís. También Roger Pérez de la Rocha, Leonel Vanegas y Alejandro Arostegui, pintores que formaban en aquel tiempo el Grupo Praxis, me estimularon hablándome de colores, libros y la esencia de la vida.

Luego el poeta José Coronel Urtecho —como Pablo Antonio Cuadra, de la generación de vanguardia en Nicaragua; también ensayista y prosista— quiso conocerme y, sentado en el corredor de la casa, a la orilla del lago en Granada, donde escribía sus conferencias para la iniciativa privada, me habló horas y horas de poesía, animándome a que no me dejara arredrar por las críticas, por el revuelo que causara mi poesía erótica. De esas pláticas surgió una amistad profunda y la tutela amorosa que, tanto don José como doña María Katz, su esposa, cada cual a su manera, ejercieron sobre mí.

De igual manera recuerdo con gratitud a Carlos Martínez Rivas, considerado uno de los más grandes poetas de Nicaragua. Él me citó en la casa de Samuel Barreto, después de que mi libro *Sobre la grama* ganó el premio Mariano Fiallos Gil de poesía. Bajo una ventana, se sentó a comentarme poema por poema toda una tarde. Me leía mis poemas. Me indicaba por qué pensaba que este poema debía llegar hasta un determinado punto, me felicitaba por lo bien que había resuelto aquel otro.

Con el mismo cariño, recuerdo el trabajo que se tomó en 1988 Sergio Ramírez —novelista reconocido mundialmente y distinguido, entre otros, con el Premio Cervantes—, en su despacho en la Casa de Gobierno. Hizo un espacio entre sus múltiples ocupaciones de vicepresidente para revisar conmigo, durante tres horas, el manuscrito de *La mujer habitada* y señalarme incongruencias, lugares comunes y hasta fallas ortográficas.

Los poetas nicaragüenses Luis Rocha y Julio Valle; la escritora nicaragüense Claribel Alegría, Premio Sofía de Poesía Iberoamericana; Mónica Zalaquett, novelista chilena-nicaragüense; los escritores Eduardo Galeano, Juan Gelman y Julio Cortázar han sido también amigos y colegas que me han apoyado.

La confianza es fundamental en el desarrollo. Yo agradezco a quienes confiaron en mí, personas como las que he mencionado, y otras como el editor alemán Hermann Schulz, que constantemente me ha estimulado, haciéndome siempre sentir que puedo dar más —estoy segura de que no solo para vender más libros— y Lutz Kliche que, en el proceso de traducir las novelas al alemán, me ha ayudado a ver y corregir.

Hay, además, cuatro mujeres a quienes quiero celebrar aquí porque, como amigas, independientemente de todo otro tipo de vínculo, representan para mí esa especie extraña y hermosa de seres humanos que uno se encuentra en la vida y que se convierten, tanto en viento para las alas cuando uno quiere volar como en rocas donde aferrarse a la hora de la marejada: a Sofía, Nelba, Malena y Salva, esta última ahora mi infatigable editora, doy las gracias.

Waslala es un Memorial del Futuro. Memorial quiere decir, según el diccionario de doña María Moliner: solicitud, petición, defensa de algo. Escribí *Waslala* pensando en la necesidad de alertar sobre un futuro posible, pero, sobre todo, pensando en la terquedad con que los seres humanos y, en especial, nosotros los nicaragüenses hemos sostenido, aun en los momentos más oscuros, la convicción de que hay una luz al final del túnel y que esa luz se puede encontrar aquí en la tierra y no solamente en el cielo.

Del prefijo griego *ou*, que significa «no», y *topos*, «lugar», construyó Tomás Moro la palabra *utopía*, la isla feliz y perfecta. Las utopías nos persiguen a lo largo de la historia de la especie, y yo atribuyo esto no solo a la posibilidad de que exista en nuestra memoria colectiva el recuerdo anterior del Paraíso terrenal, sino a un mapa instintivo del futuro, una especie de recuerdo de lo porvenir.

Es cierto que en nombre de las utopías se han cometido abusos y atropellos. Esto solo podría evitarse en una república de ángeles. Por el momento, no somos más que hombres y mujeres. Pero ¡quién sabe en qué mundo chato y mediocre viviríamos si nos resignáramos a no soñar o nos quedáramos siempre con lo pasado, con lo malo conocido, por temor a lo bueno por conocer! No es el miedo lo que da lugar a los grandes saltos de la humanidad, es la audacia. Fue la visión de valores más allá de nuestra limitada existencia, y hasta de nuestras limitadas posibilidades, lo que nos llevó a erguirnos como especie y conquistar el fuego.

Waslala es una novela construida sobre un sueño, a partir de un sueño y con un sueño como meta. Defiendo los sueños, la necesidad del romanticismo en un mundo que repele cada vez más cuanto no pueda probarse por «a» más «b».

Creo que tenemos que creer en nosotros mismos, desenvainar la imaginación y no permitir que los agoreros de las catástrofes nos derroten antes de dar la batalla. Creo también que no todas las batallas se hacen para ganar, que hay un triunfo implícito en la entereza de defender ciertos principios aun a costa de la derrota. Como decía mi abuelo Pancho: ningún esfuerzo por los valores universales se pierde.

Waslala es mi ardiente acto de fe en ese futuro de felicidad, justicia y equidad que, desde que dejamos nuestras huellas en el lodo de Acahualinca, los nicaragüenses hemos andado buscando.

Agradezco de todo corazón las palabras de doña Gladys Ramírez de Espinoza, presidenta de la Junta Directiva del Teatro, y, sobre todo, gran amiga y cómplice de mi madre en el Teatro Experimental de Managua.

[Discurso pronunciado al ser premiada con la Orden del Teatro Nacional Rubén Darío, en la presentación de la novela *Waslala*, Teatro Rubén Darío, Managua, 1996.]

Una Navidad como ninguna otra

No sabría decir a qué hora me empezó el desasosiego, pero sé que en el almacén donde compraba los juguetes para mi hija Maryam, me sentí claustrofóbica, agobiada y hasta febril. Fue por eso por lo que acepté, sin pensarlo dos veces, la oferta de don Jorge, el dueño, de que dejara mis regalos empacando. Él se haría cargo, me dijo. Yo no tendría que hacer cola frente a la sección de empaque. El favor me pareció una bendición: me harían unos empaques preciosos y yo me podría ir a mi casa a descansar. La cara de don Jorge se me antojó radiante y luminosa, como la de un Rey Mago oculto bajo camisa y pantalón de lino beige. «No sabe cómo se lo agradezco», repetí no sé cuántas veces.

Salí del almacén atiborrado de compradores y respiré el aire de la calle con profundo alivio. Tenía el pecho oprimido. Noté que hacía mucho calor, un calor inusual para esa época en Managua. Por ser el fin de la estación lluviosa, diciembre aún conserva cierto frescor. Además, los vientos alisios soplan con fuerza y contribuyen a aminorar el húmedo bochorno del trópico. Pero los vientos alisios no soplaban esa tarde. Las hojas de los árboles estaban inmóviles. La gente que subía y bajaba apresurada por la avenida cargando sus paquetes sudaba acalorada. Caminé sintiéndome extrañamente ajena a la excitación del espíritu navideño. Solo quería llegar a mi casa y acostarme. No quería tener la obligación de sentirme feliz, ni quería oír más villancicos o sonreír con lástima al tipo disfrazado de Santa Claus que se paseaba por la acera vestido para el Polo Norte, rodeado de niños mendigos cuyos harapos y sucias caritas se reflejaban, haciendo un triste contraste, sobre las vitrinas escarchadas con nieve artificial.

Era notable la obsesión que tenía el comercio nicaragüense con la nieve, como si esta fuera un requisito esencial de cualquier Navidad que se respetara a sí misma. Todas las vitrinas, sin excepción, estaban espolvoreadas con nieve artificial. Algunas incluso exhibían chimeneas de cartón, quizás con la esperanza de que Santa Claus se deslizara por allí, ya que no encontraría ninguna en los hogares de Nicaragua. En las tiendas más elegantes los decorados eran más elaborados, con villorrios nevados, renos jalando trineos, maniquíes de niñas vestidas con trajes de terciopelo rojo y hasta bosques de abetos.

Era la Navidad de otra cultura y otro clima, pero todos la aceptaban sin rechistar. Mientras caminaba al estacionamiento tenía la sensación de estar ajena a la celebración, angustiada por una pesadez que no sabía a qué atribuir. Quizás se debía a que no podía evadirme de la conciencia de que la Navidad era una fiesta donde la pobreza se hacía más flagrante. Era la fiesta de quienes conocían la nieve, en un país donde la mayoría no tenían acceso siquiera al agua potable.

Llegué a mi casa y me tiré en la cama. Mi hija vino y se me subió encima. Su cara traviesa y dulce hacía que todo esfuerzo valiera la pena. A la medianoche del día siguiente, 24 de diciembre, su padre y yo pondríamos los juguetes al lado de su cama para que ella los descubriera al despertar. Imaginé su alegría cuando viera la preciosa granja roja con los animalitos diminutos. A sus cuatro años, ya disfrutaba la fantasía. Cada Navidad era más divertido verla reaccionar ante los regalos. Yo había seleccionado cuidadosamente cada uno para lograr el máximo efecto con el limitado presupuesto de que disponíamos como joven matrimonio trabajador. Cantidad antes que calidad era en esto mi filosofía. Quería que ella despertara y viera un montón de juguetes. Sabía por experiencia que mientras más grande era la caja, mayor era la ilusión infantil. Casi que podía predecir los ruiditos, gritos y gestos que acompañarían el ingreso de cada juguete a su mundo de niña. Viéndola ahora sobre la cama usando mi cuerpo para esconderse y jugar, tuve el deseo imposible de que nunca perdiera la inocencia.

Me dolía un poco la cabeza. No atinaba a entender qué me pasaba, por qué mi desazón. Aquella atmósfera opresiva, asfixiante, estaba cargada de malos presagios. Salí a tomarme una aspirina. Comenté con Alicia, la doméstica, pequeña, morena y maternal, lo caluroso que estaba el día.

—No hay aire —confirmó ella—. ¿Ya se fijó que no se mueve ni una hoja? Si no fuera porque estamos en diciembre, diría que va a llover.

Ciertamente que el ambiente cargado, tenso, recordaba la sensación que precede los grandes aguaceros del trópico. Pero también podría tratarse de algo peor. El corazón me dio un vuelco. No pensés eso, me dije. Era proclive a imaginar hecatombes con lujo de detalles. Una vez que algo se me metía en la cabeza, mi mente era un surtidor de visiones patéticas de gran realismo, donde yo, por supuesto, era la que quedaba sepultada en escombros, o la que se tenía que lanzar del balcón más alto del hotel en llamas. Cuando iba en avión tenía que hacer enormes esfuerzos para no proyectar en mi mente los titulares de periódico del día siguiente anunciando la catástrofe aérea, con todo y las pequeñas fotos de la fenecida tripulación inmediatamente bajo los titulares.

—Alicia, ayúdame a pasar la cuna de Maryam a mi cuarto —dije, en un impulso—. Está haciendo mucho calor —aclaré, justificándome—. Por lo menos que duerma con aire acondicionado.

Después de hacer el traslado, anduve arreglando cosas en la casa para ocuparme en algo y distraerme. Me arrepentí de haber dejado los paquetes en la tienda. Había sido un error. Me hacía falta ahora el rito de empacarlos sigilosamente, escondida de la niña.

Llegó mi esposo. Cenamos. Se burló otra vez de mi idea de usar como árbol de Navidad una palmera que adorné con luces y bolas de colores. Defendí mi palmera navideña, pero tuve que admitir que la pobre se veía desgajada y mustia, inepta para sostener ningún peso en las ramas.

A las diez de la noche, al inclinarme sobre la cama de Maryam para calmarle el sueño intranquilo con palmaditas en la espalda, escuché el sonido hueco, lejano de una trepidación. Era como un trueno que viniera de la tierra. Sonaba a temblor, excepto que nada se movía.

—¿Oíste eso? —pregunté a mi esposo—. Creo que fue un retumbo.

—Oí algo —dijo—. Tal vez fue un avión. No te preocupés. —Y siguió viendo televisión, sin inmutarse.

Me salí a la puerta para ver el cielo. Una luna llena, radiante, con un ancho halo rosado, brillaba en el horizonte. El cielo sin nubes pesaba sobre la ciudad. A lo lejos ladraban los perros. La noche lucía demasiado quieta.

Antes de acostarme, dejé la llave de la casa junto a la puerta, mi bolso a la orilla de la cama. Por si acaso.

Apenas habríamos dormido unas horas cuando sobrevino el terremoto: eran las 12:28 am del 23 de diciembre de 1972 .

Lo primero que recuerdo es que la sacudida me sacó catapultada de la cama, y que me vi de rodillas al lado de la cuna de mi hija, tratando de ponerme de pie y equilibrarme sostenida de los barrotes. El fluido eléctrico se había interrumpido y el mundo entero crujía, acompañado por un estruendo ronco, ensordecedor, que surgía del mismo centro de la tierra. Jamás me sentí tan cerca de los animales. El pánico que me invadía brotaba de cada célula de mi cuerpo, incitándome a correr, a ponerme a salvo, a salir de allí, de aquella habitación de paredes de concreto tan rápido como me lo permitieran mis pies.

Mi esposo apareció al lado mío y dejé que él tratara de sacar a Maryam de la cuna, pero era como estar de pie sobre el lomo de un animal furioso. Por fin, no sé cómo, mientras yo gritaba que la sacara, él logro cargarla y salimos corriendo a través de la casa en tinieblas, que se balanceaba como barco sobre el oleaje rabioso de una tierra que había perdido súbitamente su capacidad de ser el confiable punto de apoyo sobre el que transcurrían nuestras vidas. Adornos, plantas, cuadros, artefactos, caían al suelo y se quebraban estrepitosamente. Hasta las plantas colgantes se daban las unas contras las otras lanzando hojas y tierra a través del aire. Un polvo denso flotaba en la sala, donde alcancé a ver mi palmera navideña y todas sus bolas estrelladas contra el piso, junto al televisor hecho añicos.

Llegamos a la puerta y le alcancé las llaves. Alicia, embozada en una toalla, daba gritos y profería entrecortadas jaculatorias:

—¡Dios nos ampare! María Santísima. Madre Santa. Las Tres Divinas Personas. Abra la puerta, don Mariano. Abra la puerta.

La puerta no se abría. Maldije la paranoia de Mariano, que nos había llevado a vivir en aquella casa con rejas en todas las ventanas y hasta en el boquete del patio interior. Si la puerta no se abría, no tendríamos por donde salir. Tomé a Maryam de sus brazos, pensando que aquel temblor estaba durando demasiado y que, de continuar, no quedaría piedra sobre piedra. Mariano, desesperado, forcejeaba con la puerta, y al fin empezó a patearla como loco, hasta que, milagrosamente, tras un descomunal jalón de la manija, la puerta se abrió lo suficiente para que nos pudiéramos deslizar hacia afuera.

Los vecinos ya estaban en la acera. El muro de la casa del frente cayó con un estruendo ante nuestros ojos. La gente gritó. Hombres y mujeres se agarraban, lloraban, daban vueltas para un lado u otro, sin saber qué hacer. El pavimento se movía como una serpiente negra, viva. De pronto, tan súbitamente como empezara a temblar, la tierra se aquietó. Pegada a mí, Maryam no lloraba. Veía todo soñolienta, asustada, pero sin llorar. Le expliqué como pude lo que sucedía, tratando de calmarme y de restarle drama a la situación, diciendo algo así como que la tierra se estaba rascando la espalda, una cosa de esas, que a ella le satisfizo porque se acurrucó contra mí. Me temblaba todo el cuerpo.

Mariano se acercó. Me abracé a él y, al hacerlo, vi el cielo. No dudé de que era el fin del mundo: desde el horizonte se alzaba un resplandor rojo, una nube gigantesca de polvo se cernía sobre la ciudad. La luna llena lucía enorme y parecía que el sol, desprendido de su órbita, se hubiera desplomado en llamaradas sobre Managua.

—¡Se está quemando Managua! —gritó alguien.

A lo lejos se oían sirenas. Nos invadió el desamparo: nada podíamos hacer, estábamos a merced de fuerzas telúricas cuyo comportamiento era absolutamente impredecible y de las cuales no había forma de escapar. Un vecino intentaba frenético escuchar algo por la radio, pero solo captaba chirridos de la estática. No habíamos estado en la acera más que unos minutos cuando de nuevo la bestia rugió bajo nuestros pies, empezando su crescendo horripilante. Las casas de la cuadra se mecieron violentamente, zarandeándose como si se hubieran tornado livianas. Los postes del tendido eléctrico oscilaron como palmeras en un ventarrón. Escuchamos vidrios quebrarse, paredes fracturarse. El pavimento se levantó sinuoso como si se aprestase a dar un latigazo. Apreté a mi hija contra mi corazón.

Mi esposo gritó asustado que nos fuéramos, solo que no había donde irse. Ya no nos quedaba el consuelo de ocuparnos en salir de la casa, teníamos que esperar que pasara el estruendo y rezar porque no nos tragara la tierra.

Cuando paró el segundo terremoto, Alicia, que vivía cerca, se marchó a buscar a su familia. Nosotros nos metimos al carro porque alguien dijo que era el lugar más seguro. Decidimos pasar la noche allí. Había empezado a hacer frío y yo tiritaba, me castañeteaban los dientes. No sé en qué momento recordé los juguetes que dejara empacando. Pensé en mi pobre hija, que dormía en mis brazos envuelta en el mantel de crochet de comedor y que no tendría juguetes en Noche Buena, en aquella Navidad de pesadilla.

—Nos quedamos sin regalos para Maryam —dije bajito a mi esposo.

—¿Cómo te podés estar preocupando por eso en este momento? —me amonestó—. Démosle gracias a Dios que estamos vivos.

No bien amaneció, salimos en el carro hacia la casa de mis padres, situada a pocas cuadras de distancia. Llegamos en el momento en que una doméstica, con impecable uniforme, salía por el garaje de la casa a llevarle el desayuno a mamá, servido en bandeja de plata con mantelito bordado. Mi mamá, muy compuesta, con los labios pintados, estaba sentada en una silla playera en un terreno baldío al lado de la casa. Después del abrazo y el gracias a Dios que estamos todos vivos, nos dijo que mi padre había ido al centro a ver qué quedaba de su negocio.

Por la improvisada sala de mi mamá empezaron a pasar los vecinos contando sus vivencias de la noche anterior, en una competencia de horrores donde no faltaba el humor proverbial que ha permitido al pueblo nicaragüense sobrevivir una historia digna de Sísifo. Un amigo nuestro muy querido pasó en carro por la calle y se bajó con los ojos redondos, haciendo grandes gestos trágicos para decir que la hermosa vajilla mexicana que les regalaran a él y a su esposa por su reciente boda se les había quebrado. «No quedó nada, hermano, ni un plato, ni una taza. ¡Se hizo pedacitos!» Primero reí, pero después, a medida que escuché los lamentos de otras personas por lo que perdieron, sentí ternura. Era increíble comprobar cómo los apegos de la gente, en una situación así, no tienen mucho que ver con el valor monetario de las cosas; se llora por la silla de la abuela, la taza preferida, la colección de objetos precolombinos, los libros, los discos. Hasta hubo un señor que murió en el segundo terremoto, por entrar a su casa a sacar su peluca.

Horas después regresó mi papá sucio y demudado. Se puso a sollozar con la cara entre las manos, sentado en una silla. Ya para su regreso, todos sabíamos la noticia: el terremoto había nivelado nuestra ciudad. Del casco urbano no quedaban más que escombros retorcidos y humeantes. El incendio continuaba indetenible, devorando cuadra tras cuadra. Se hablaba de una cifra inicial de veinte mil muertos. En medio del caos, empezaba el saqueo.

Agitado, mi papá empezó a hablar de ir a sacar la mercadería de una sucursal recién abierta de su negocio. Si no lo hacía, saquearían el local y él no tendría nada con qué empezar de nuevo, repetía. Mi mamá y yo intentamos disuadirlo, pero fue inútil. Le pedí a mi mamá que se quedara con mi hija y lo acompañé, en el camión que un amigo le facilitara, al centro comercial.

Nunca olvidaré el recorrido dantesco que hicimos esa mañana a través de barrios destruidos. Sobre las aceras, se alineaban ya toscos ataúdes de madera, muchos de ellos, pequeñitos. Había que vadear por todas partes los restos de paredes sobre el pavimento, los grupos de personas caminando azoradas, mudas y sin rumbo. Las terribles escenas de destrucción y dolor se repetían por todas partes y lo que hacía el espectáculo más irónico y desgarrador era ver por dondequiera los árboles de Navidad con sus brillantes adornos tirados sobre las aceras; las luces de colores, colgando de las ruinas de las casas; las efigies de Santa Claus, sobre las vidrieras quebradas de los almacenes; la nieve artificial, el algodón, las chimeneas de pizarra, los letreros de Feliz Navidad, desplomados en medio de la calle, como la burla sádica de un Dios despiadado.

Parecía mentira que en un instante la ciudad hubiera perecido y solo quedaran en pie los barrios periféricos. La vida de cada habitante de Managua quedó marcada esa noche para siempre con la nostalgia por una ciudad que nunca resucitó.

Recordé mis presagios del día anterior. Hacía años que presentía que me tocaría vivir un terremoto. Mi intuición no se equivocó, pero mi imaginación se quedó corta. Nunca pensé que viviría días como estos.

El centro comercial estaba desierto. Las vidrieras de todas las tiendas se habían fracturado y caído al piso, dejando los almacenes abiertos. Junto al almacén de mi papá, un negocio de venta de colchones tenía una promoción en que regalaba muñecas lindas y enormes por la compra de un set matrimonial. Las muñecas eran casi del tamaño de mi hija Maryam. Estaban solas allí, tiradas sobre los colchones. Las muñecas solas y mi hija sin juguetes. Miré a todos lados pensando en lo fácil que sería.

Acompañé a mi papá a su tienda. Todo estaba en el suelo, pero era recuperable. Empezamos a meter la mercadería en cajas y bolsas, y a transportarlas al camión. Las muñecas me veían desde las camas. Cada vez que pasaba, yo las miraba. Ya había escogido la más linda. Tenía pelo negro, ojos azules y un vestidito estampado de flores. No era muy fina, pero el tamaño compensaba. Una muñeca de ese tamaño compensaría por la ausencia de otros juguetes.

Horas trabajamos trasladando cajas al camión. No podía dejar de pensar en la muñeca, en la cara que pondría Maryam. Era un asunto de fe. Quería que mi hija conservara la fantasía al menos unos años más, que creyera en los milagros, en la amabilidad del mundo, en las ilusiones. No quería decirle que Santa Claus también había perecido en el terremoto, que no vivía en el Polo Norte con sus duendecitos trabajadores. Se robarían la muñeca de todas formas. Una multitud se había empezado a agrupar alrededor del centro comercial. Se lanzarían de pronto como si alguien diera una señal de ataque. En poco tiempo, no quedaría nada dentro de esas tiendas.

Me debatí en silencio, censurándome y retando mi censura. La presencia de mi padre dificultaba la decisión: allí estábamos nosotros, salvando nuestras pertenencias del saqueo, y yo me iba a llevar la muñeca del vecino. Injustificable. Mi padre no lo aceptaría.

Estaba cansada. La noche sin sueño, el cataclismo me tenían en un estado de agitación y nerviosismo. Sentía que me movía bajo el agua. Iba y venía al camión, pero no cesaba de planificar el robo a pleno día, sin atreverme a llevarlo a cabo de una buena vez. El local de nuestra tienda se vaciaba. Ya solo quedaban unas pocas cajas que transportar.

Crucé el umbral de la tienda de colchones cuando nadie me veía. Acerqué la muñeca a la salida. La moví de un colchón a otro más a mano, pero aún no la saqué. No podía, me dije. No podría violentar todos mis códigos de súbito.

Por fin llegó el turno de la última caja. Seguí a mi papá al camión. El chofer metió la llave en la inición y encendió el motor. El ruido me hizo reaccionar.

—Ya regreso —grité, corriendo hacia la tienda con las muñecas—. Ya regreso.

Tenía que hacerlo. Cualquier madre lo haría. Tomé la muñeca, me la puse bajo el brazo y regresé al camión. Me la acomodé en el regazo y le dije al chofer que podíamos marcharnos. Mi padre me abrazó sin decir nada.

Varios días después, en la casa de mis suegros, en Granada, donde nos refugiamos, Maryam me miró mientras jugaba con la muñeca y me dijo, con esa mirada de concentración de los niños cuando han recapacitado: «Mamá, qué alegre que no hubo terremoto donde vive Santa Claus».

[Publicado en el libro *Las Christmas. Escritores latinos recuerdan las tradiciones navideñas* (comp. Esmeralda Santiago y Joie Davidow), Nueva York, Vintage Español, diciembre de 1998.]

El más dependiente de los sentimientos

Una tarde californiana, de esas luminosas y templadas, venía conduciendo mi coche después de recoger a mi hija Adriana de su lección de piano, cuando vi, al lado de la avenida, un hermoso y alto pino sobre el que crecía una buganvilla. La enredadera había logrado trepar y enredarse en el árbol de manera que solo la punta cónica que lo coronaba y la forma triangular permitían discernir de qué árbol se trataba. De lejos, parecía más bien un árbol violeta, cubierto de flores; una mancha de color maravillosa, en medio del verdor de sus congéneres: la enredadera se había tomado el árbol.

Admiré su belleza, e inmediatamente pensé en el amor. Podría decirse, reflexioné, que en toda relación de pareja, ¿hay uno de los dos que se toma al otro? Quizás por la misma vulnerabilidad que el enamorarse implica, el amor genera entre los amantes, de manera inevitable, una relación de dependencia. Si partimos de que el amor requiere la mutualidad como primera condición de felicidad, esto implica que el amor es, sin duda, el más dependiente de los sentimientos.

Los amantes dependen el uno del otro. Enamorarse es, intrínsicamente, una claudicación de autonomía: dejamos de ser autosuficientes, necesitamos que el otro o la otra nos corresponda para sentirnos plenos, para no sufrir la angustia del amor no correspondido. Entonces, podríamos decir que la primera condición del amor y la razón por la que simultáneamente lo deseamos y le tememos es que, así como nos gratifica afirmando nuestra capacidad de engendrar sentimientos de amor en otra persona, nos confronta también con la renuncia voluntaria a la fortaleza de nuestro ser. No se puede amar realmente si no admitimos al caballo en nuestra íntima Troya, aun sabiendo que quizás una noche de tantas los arqueros saldrán de su panza e incendiarán y destruirán la ciudad de nuestro corazón.

Amar es entonces quizás la más valiente expresión de confianza que se nos demanda a los seres humanos en nuestras relaciones personales. De allí que dudemos, evaluemos, huyamos, ante la sospecha de que esa persona que nos provoca el deseo de abrir todas las puertas para dejarlo pasar no sea digno o digna de esa confianza primigenia. Creo que los amores tormentosos surgen dentro de esa contradicción. Son amores donde, por una u otra razón, se carece de confianza. De allí que se den, entre los amantes, esos acercamientos, esas fugas, que son características en este tipo de enamoramiento. Me atrevería a decir que, más que la culpa, si uno de los dos es casado; o el miedo a perder la libertad, muy frecuente en los hombres, lo que subyace en los amores llenos de conflictos es la incapacidad de uno u otra de confiar plenamente en el objeto de su amor.

En los amores que se realizan, la imagen del pino atenazado por la enredadera es aun más simbólica. Se brinda la confianza, se establece la simbiosis entre la amada y el amado. La ceremonia del apareamiento se lleva a cabo ya sea mediada por música sacra y níveos trajes de novia, o simplemente por el sonido de la mudanza que traslada los enseres de uno al apartamento de la otra. No transcurre mucho tiempo, sin embargo, antes de que la enredadera de la dependencia empiece a subir por el cuerpo del árbol. ¿Será ese deseo de abarcar la totalidad del otro, dominarlo, tomárselo, otra de las manifestaciones de la desconfianza; o es acaso una calidad implícita, inevitable, del amor?

La vida cotidiana está llena de historias de mujeres dominantes e inseguras y de maridos que se quejan del excesivo deseo de control por parte de sus esposas. Es casi un cliché este de los hombres víctimas. El humor está lleno de referencias y bromas donde se descalifica esta clase de angustia existencial de las esposas para con los esposos. En mi experiencia personal y en mi callada observación de escritora, sin embargo, me parece que es más común, que es incluso la norma, que los hombres hagan el papel de la enredadera en las parejas. Lo fascinante de esto, a mi juicio, es la aceptación por parte de nosotras, las mujeres, de esta labor del hombre de escalar por nuestros cuerpos, rodearnos de flores y espinas hasta dejarnos cubiertas de su nombre y su naturaleza; nuestras formas apenas perceptibles bajo su tenaz protagonismo.

Obviamente que, en las sociedades y culturas donde las mujeres se someten sin alternativa, este protagonismo masculino se afirma sobre una tolerancia de siglos justificada por religiones y culturas primitivas y patriarcales. Lo curioso es que se repita este fenómeno y este comportamiento de árbol asfixiado por la enredadera del amor, en sociedades más modernas donde las mujeres hemos alcanzado un grado de igualdad más o menos establecido como derecho.

Tanto en mi vida como en las de tantas extraordinarias mujeres que conozco, el amor a menudo tiene el efecto de debilitarnos, opacarnos, dejarnos como sostén y rama de árbol sobre la cual el amado «enredadero» escala y sube hasta dejarnos ocultas; su colorido es más vistoso que la solidez del ramaje con el que se han entrelazado.

Escribo esto y a mi mente acuden imágenes: la amiga feminista, dicharachera, apasionada que no bien aparece su pareja calla y se hace a un lado; la política que entrega su vida a la celebración del marido muerto; la viuda brillante, profesional, premiada que se empecina en escribir una versión corregida y aumentada de la vida de un hombre que, valiendo mucho menos que ella, la opacó siempre y lo sigue haciendo desde la tumba porque ella se lo permite y facilita. Me veo yo misma, antes y a veces aun ahora, cediendo mi autonomía, mi propio crecimiento, mi mejor entendimiento de las cosas, ante la necesidad de complacer el orgullo, la tenacidad, del macho amado.

Esto es quizás lo más difícil de entender para mí, esta incongruencia entre lo que como mujeres somos y sabemos de nosotras mismas y lo que estamos dispuestas a tolerar de los hombres de los que nos enamoramos. ¿Será que también jugamos a ser enredaderas? ¿Que convertimos la relación de amor en dependencia y ponemos gran parte de nuestra energía creativa en cubrir de flores el árbol al que nos arrimamos? ¿O es que esta dinámica es inevitable en el amor y, a la postre, todo amor se convierte en una lucha de poder?

No hay duda de que, entre dos personas viviendo y tomando decisiones juntas, la competencia es irremediable. Hago mal quizás en señalar a los hombres como culpables. Quizás lo mismo suceda en parejas del mismo sexo. ¿O quizás la frecuencia con que mujeres que adquieren conciencia feminista, y se emparejan con otra mujer, se deba a que la identidad de género les permite subsanar esta problemática crucial entre las parejas heterosexuales? Sería un sujeto digno de estudio. Los datos empíricos que tengo no me permiten más que especular.

De lo que no hay duda es de que las relaciones desiguales entre hombres y mujeres no las determina la capacidad, el desarrollo profesional o el acceso a la esfera pública de estas últimas. Las mujeres como yo —con una vida intelectual y pública activa— somos muchas. Sin embargo, es frecuente que no ejerzamos en la intimidad de la pareja la misma confianza, alta autoestima y desparpajo que exhibimos en la esfera pública. Diríase que el amor sigue, sustancialmente, estancado en la tradición, a pesar de nuestros esfuerzos de redefinirnos y de redefinirlo. O que no confiamos en que sobreviva si le cuestionamos al hombre, no solo su dominación mundial, sino la doméstica.

No se trata aquí de quién lava los platos o cambia los pañales. Pienso que actualmente los hombres son mucho más conscientes de que el trabajo doméstico no es exclusiva responsabilidad de las mujeres. En mi casa, por ejemplo, mi marido es el cocinero y quien a menudo se encarga de la vida social de nuestra hija o de acudir a las reuniones del colegio. Estos especímenes de varón desarrollado son, afortunadamente, más y más frecuentes, al menos en el primer mundo, pero el hecho de que asuman mayor participación en las tareas del hogar no cambia sustantivamente el balance psicológico de poder, o la manera de vivir el amor. Hay, sin duda, una distancia misteriosa y enigmática que persiste entre la realidad pública y la privada. En el núcleo de esa distancia, el amor y la dependencia mutua que genera continúan reflejando la relación de la enredadera y el pino: una simbiosis arriesgada y peligrosa en la que uno de los amantes florece asfixiando al otro; o hay uno que sostiene con su pasividad la parásita existencia del otro.

Después de uno de mis amores más tormentosos, visité a una psicóloga que sugirió que yo buscaba hombres que se parecían, afectivamente, a mi madre. Hombres fuertes y seguros por fuera, muy vulnerables por dentro, reservados para expresar su amor, hipercríticos. Decía la terapista que inconscientemente yo aspiraba a que ellos me dieran el cariño y la aprobación que mi madre no me había dado, para así romper lo que ella llamaba «el hechizo» de mi madre.

Es cierto que, si bien los hombres que más me han hecho crecer como persona han sido dadivosos, alegres, tiernos, capaces de estimularme y hacerme sentir que mis logros son también motivo de orgullo y felicidad para ellos, aquellos con quienes he compartido mayores períodos en mi vida, con los que me he casado y tenido hijos, son parcos con los elogios y aficionados a la crítica y al humor irónico que se burla con *wit* de los demás. Estos defectos, sin embargo, van acompañados de luminosa inteligencia, belleza física, virilidad, sexualidad y otros atractivos no menos despreciables. Es así como, por las razones que sean, me he encontrado, a lo largo de mi vida, asombrada por mi capacidad de encontrarlos. No me someto ni les concedo todo, pero algunas de mis concesiones han superado lo que mi yo interior, racional, acepta como parte de un compromiso de toma y daca.

Este misterio femenino que, como decía, he observado repetidas veces, me hace pensar que hay comportamientos íntimos en las parejas que obedecen aún a concepciones del amor muy tradicionales. La evolución, sin embargo, hacia relaciones más igualitarias y gozosas creo que va avanzando, lenta pero seguramente. Cómo hacerlas avanzar para que el amor —el más dependiente de los sentimientos— no se desnaturalice o se convierta en una transacción de conveniencia es el reto que nuestras modernas vidas deben resolver.*

[Publicado con el título «Amor y dependencia», en *El Nuevo Amanecer Cultural*, Suplemento Cultural de *El Nuevo Diario*, Managua, 2006.]

* Sobre este tema escribí lo que llamé «un cuento de niños para adultos», titulado *El apretado abrazo de la enredadera*, Bogotá, Destino, 2006. Ilustraciones de Natalia Cardona Puerta.

¿Podemos prescindir de las palabras y de la imaginación?

Fui parte de una revolución triunfante, un sueño posible que en 1979, en Nicaragua, convirtió al ejército de jóvenes guerrilleros que libraron al país de una larga dictadura en los gobernantes de esa pequeña nación centroamericana. Nuestros grandes sueños nos hicieron acometer enormes tareas. Nos pusimos a alfabetizar un país que, en el campo, tenía cifras de analfabetismo superiores al 90%; en jornadas masivas de vacunación, eliminamos plagas como la malaria; repartimos la tierra —un 60% del país— que era propiedad de la familia gobernante, los Somoza, pero tras cuarenta y cinco años de dictadura, poco sabíamos de democracia, poco sabíamos de la importancia de dejar que usaran su libertad las minorías descontentas.

Poco a poco, nuestros sueños se convirtieron en la pesadilla de quienes no pensaban como nosotros. Los perseguimos, les negamos la palabra en nombre de la voluntad de la mayoría. Ellos se armaron, recurrieron a Estados Unidos y en otra guerra, la llamada «guerra de la contrarrevolución», nos convirtieron de ejército guerrillero, idealista y bien intencionado, en un ejército regular, dispuesto a cualquier cosa para conservar el poder que nos habíamos ganado.

He llorado a lágrima viva los miles de muertos anónimos en Afganistán, Irak, Palestina, Israel, Egipto, Turquía y, más recientemente, Libia. He llorado también a los soldados norteamericanos, jóvenes de las minorías negras y latinas de ese país, enviados a combatir y morir en las guerras del imperio, igual que lloré los cincuenta mil muertos en mi país, Nicaragua. Lloro porque me los imagino, porque les pongo rostro y familia y porque también hay quienes me cuentan sus historias en los medios de comunicación, de manera que sus vidas me sean cercanas y no se conviertan en una descarnada estadística.

Como escritora, observo la calidad profética de novelas o textos imaginarios que, para el asombro de muchos, se convierten, años o siglos después, en realidades. En mi caso, esa sensibilidad es tal vez la responsable de una inquebrantable fe en el futuro que, debo admitir, me mantiene últimamente dudando sobre mi inteligencia y mi intuición. Pero ¿cómo no va uno a preguntarse cómo es posible que en un mundo tan informado como el nuestro, un mundo en que la imaginación no tiene ya que construir escenarios trágicos porque las imágenes de la tragedia se albergan en los televisores de nuestras casas, y en los iPads, IPhone, Black Berries y todos esos aparatos que nos mantienen conectados con el mundo como un cordón umbilical digital, la indiferencia siga campeando?

Seré tal vez romántica, pero estoy convencida de que los seres humanos no somos por naturaleza indiferentes. Hay quienes lo son, sin duda, pero cualquiera de nosotros que haya vivido situaciones trágicas tendrá incontables historias de gestos pródigos, conmovedores, de personas que asisten y se conduelen con los demás o que actúan heroicamente arriesgando sus vidas por alguien totalmente desconocido. Entonces la pregunta quizás no sea por qué somos indiferentes. La pregunta quizás sea por qué nos sentimos impotentes. ¿Por qué nos parece que es tan poco lo que podemos hacer los unos por los otros cuando se nos permite ser testigos, minuto a minuto, de los atropellos, las masacres, las injusticias y catástrofes que sufren nuestros semejantes? La información es poder, suele decirse, pero ¿poder para quién? Actualmente, las grandes mayorías de este planeta tan informado e interconectado tenemos a lo sumo solamente un asiento distante en el gran teatro del mundo. ¿Es poder lo que nos falta o es imaginación?

Soy de la opinión de que el esquema de poder que sigue privando en el mundo, incluso en las naciones más desarrolladas y con más experiencia democrática, va quedando ya a la zaga de las nuevas capacidades ciudadanas nacidas al amparo de la tecnología. Ciertamente que, hoy por hoy, como dijo creo que Churchill, la democracia es el mejor sistema del que disponemos, pero es obvio que, en la medida en que mejor informados y comunicados estamos, más frustrante nos resulta que esa potencialidad de cuánto podemos alcanzar actuando coordinadamente, como lo demuestran las últimas revueltas en el mundo árabe, no pueda utilizarse para tener una mayor presencia como ciudadanos en la solución de los problemas que, como partícipes del destino de la humanidad, nos atañen a todos.

Pero es posible también plantearse que lo que nos falte sea imaginación. Por eso, tengo tres razones para seguir siendo aún optimista: la palabra, la mujer y el erotismo, entendido este —para dispersar cualquier malentendido— como la vocación de vida que surge del amor elemental de nuestros cuerpos por la experiencia de existir y sentir.

Empezaré por la palabra. Me sentí muy honrada de ser invitada a este encuentro, un encuentro con comunicadores para hablar de las nacientes revueltas en el Medio Oriente y del papel de la cooperación española en el trazado del futuro. Lejos está mi país y mi vida de esos escenarios en los que hoy por hoy se juega el futuro de la paz mundial, pero como ciudadana del mundo que soy, he sido testigo fascinada de las masivas rebeliones que han sacudido recientemente a Turquía, Egipto, Yemen, Siria, Israel y la misma España, esbozando para todos nosotros, los soñadores de la tierra, nuevas fronteras y formas de actuar.

Desde que cayera la Cortina de Hierro y terminara la Guerra Fría, muchos como yo albergábamos la ilusión de que el mundo se volcaría hacia las zonas olvidadas del planeta y comprendería que, estos tiempos de globalización y siglo XXI marcaban también el fin de la posibilidad de la salvación de unas cuantas parcelas bendecidas por la abundancia. El futuro de todos depende ahora de la salvación de todos. Bastó sin embargo una fecha —el 11 de septiembre de 2001—, para que aquellas esperanzas se hicieran trizas y el mundo iniciara un período oscuro de sospechas, persecución e intervenciones. Hoy por hoy, todos somos ciudadanos vigilados, más temidos mientras más exótica sea nuestra procedencia. No importa que hayamos conducido bien y honestamente nuestras vidas, la geografía nos marca e intenta apartarnos de lo que se considera el mundo civilizado.

Como nicaragüense, he estado muchas veces en consulados y embajadas solicitando visas para entrar a países ricos. El escrutinio es feroz y la indignidad que uno debe soportar, abundante. En las filas que se arman en esos recintos, uno encuentra solo a los pobres del mundo, los mal vistos, los segregados por su atraso, su pobreza, cuando no por el color de su piel o el corte de sus vestiduras. Lo que George Bush llamara «la guerra contra el terror», al igual que la Yihad, ciertamente que han causado incontables muertes y daños, pero hay también otra guerra, una guerra silenciosa y vieja infiltrada dentro de la otra. Sus armas son la incomprensión, la discriminación, el maltrato, las creencias que asignan a unos seres humanos más valor que a otros, la arrogancia y el desconocimiento. Es la que ha llevado a los poderosos a imponer su cultura y su manera de actuar a otros en nombre de su propia definición de lo que está bien o mal.

Como ciudadana del tercer mundo, yo he sabido en carne propia lo que es sentir en el aire la vibración de la espada que viene a cortarnos la cabeza. Tras las elecciones de 1984 en Nicaragua, con el pretexto de que la Revolución Sandinista estaba recibiendo MIGS soviéticos, la administración de Ronald Reagan nos recetó una semana de vuelos de su avión supersónico de guerra, el Pájaro Negro o Blackbird, a través de nuestro espacio aéreo. A la hora del desayuno, con mis hijas pequeñas vestidas de uniforme escolar sentadas a la mesa, el paso de aquel avión al romper la barrera del sonido generaba una explosión que hacía temblar ventanas, vasos, la tierra misma, y me ponía a mis niñas sobre la falda, colgadas como animalitos asustados. La amenaza de aquel poderío militar nos mantuvo por años con el alma en vilo. Ahora somos muchos, tanto en el primero como en el tercer mundo, los que vivimos con el alma en vilo y padecemos de la sensación de que hay espadas que penden sobre nuestras cabezas, a las que les tiene sin cuidado que seamos o no inocentes.

La metáfora de la espada y el tema de la conferencia me condujeron a la hermosa historia de Sherezada, en esa colección maravillosa de cuentos conocida en todo el mundo como *Las mil y una noches*. Para vengarse de la infidelidad de su esposa, el rey Schahriar decide que sus futuros matrimonios durarán una sola noche. Su visir, el padre de Sherezada, debe escoger todos los días a una hermosa joven para que se despose con el rey, solo para que este pase la noche con ella y al amanecer la envíe al verdugo para que le corte la cabeza. Sherezada, angustiada por la muerte de tanta mujer inocente, urde una estratagema y le pide a su padre, el visir, que le permita casarse con el rey. El padre trata de disuadirla, pero ella persiste en su empeño hasta que logra ser elegida para pasar la última noche de su vida con el rey Schahriar. Sherezada instruye a su hermana Dinarzad y le pide al rey que la mande llamar antes de la madrugada para despedirse de ella. La hermana se acuesta bajo la cama y en cierto momento le pide a Sherezada que le ayude a pasar la noche contándole uno de sus cuentos. El rey acepta, y creo que ya todos sabemos el resto: los maravillosos cuentos de Sherezada, su arte de narrar, la palabra, en fin, no solo le salva la vida, sino que hace que el rey se enamore de ella y la conserve como su amada esposa.

Quizás si Sherezada hubiese vivido en estos tiempos, en vez de someterse al rey y arriesgarse a que su estratagema no lo sedujera, hubiese tomado su celular o su computadora, abierto una página en Facebook o una cuenta en Twitter, e iniciado una revolución. Yo me alegro, personalmente, de que más bien se inclinara por las historias que, gracias a la existencia de los libros impresos, han llegado hasta nosotros. Mientras los estatus de FB y los Tweet son como murales efímeros que el ciberespacio se traga, los libros impresos permanecen; pueden tocarse, olerse, hasta comerse en casos de extrema urgencia, como la viejecita que vi en Nicaragua cuando era muy joven, comiendo papel mojado para no morirse de hambre.

En cada encrucijada histórica de la humanidad, el binomio palabra/imaginación ha sido el «ábrete sésamo» que nos ha ido llevando a grandes saltos, de las cavernas y la existencia nómada a la civilización. «Venerad el libro, santuario de la palabra, la palabra que es la excelsitud del *Homo sapiens*», escribió mi abuelo Pancho, un viejo inefable que congregó a sus hijos y nietos cuando cumplió 80 años, entregó a cada uno una esquela con esas palabras y nos anunció que esa era su herencia. Desde *La Ilíada* y *La Odisea* de Homero, la Biblia, el Corán, la Torá, la *Enciclopedia de la Ilustración*, *El capital* de Marx, *The Wealth of Nations* de Adam Smith, los seres humanos hemos buscado las palabras sagradas o profanas que iluminen nuestro paso por la Tierra y les den sentido a nuestras vidas.

La búsqueda del sentido de nuestro existir, el deseo de vivir, fueron la fuente de esa imaginación que convirtió los hervores de nuestra mente, las indagaciones y deducciones del pensar e imaginar, en palabras. Las palabras son el puente entre lo que debía ser y lo que es, son el puente entre la soledad y los pensamientos de cada uno con la imaginación y el pensamiento del otro; ese cómplice que necesitamos para que lo que imaginamos se haga realidad o se disfrute lúdicamente como alivio de la realidad. Las palabras son también las intérpretes de lo desconocido, los puentes hacia lejanas tierras y culturas, el pasaporte universal que nos concede viajar sin movernos, y llorar las muertes de quienes nunca conocimos.

Ahora bien, como dijo Sergio Ramírez, amigo, escritor, en una charla que dio recientemente: «En la medida en que el conocimiento del mundo se ha expandido hasta la saciedad, y disponemos de imágenes del todo y de todo, podemos preguntarnos: ¿la necesidad de contar y oír contar se extingue? ¿Llegaremos a prescindir de la imaginación en nuestras vidas? ¿La imagen sustituirá a la imaginación? El resplandor de las pálidas hogueras de los aparatos de televisión aleja cada vez más las fronteras de la oscuridad, deshaciendo sus criaturas. Ahora tenemos una representación del todo, o casi todo en las pantallas de la televisión, de las computadoras, de las pizarras portátiles, de los teléfonos celulares. Las guerras, las hambrunas, las tragedias colectivas, los crímenes ocurren dentro de nuestras casas, o podemos saber de ellas con solo pulsar una tecla cuando vamos por la calle. Son sucesos domésticos, pertenecen a una épica a domicilio. La contemporaneidad es instantánea».

Es interesante esta reflexión. Interesante y terrorífica la idea de que desaparezca la palabra escrita, esa manera de comunicarnos que obligaba a cada quien a imaginar la realidad a su imagen y semejanza. Lady Chatterly, Emma Bovary, Anna Karenina se enamoraban y amaban de manera distinta según quien leyera la historia que tenía en sus manos. Ver e imaginar son dos procesos distintos y no hay duda de que, por mucho que me seduzca la tecnología, no puedo sino admitir que avanza en detrimento de la imaginación. Hoy en día, por ejemplo, los jóvenes —y lo digo con conocimiento de causa porque tengo una hija de 17 años— viven en el «aquí y el ahora» de una forma tan absorbente e inmediata que apenas les deja tiempo para divagar o soñar despiertos con el futuro. No es casual, ni solo producto del desprestigio que sufrió el socialismo a fines el siglo XX, que el pensamiento utópico haya poco más que desaparecido. La información inmediata del aquí y el ahora, al alcance de nuestras manos, se nos ha tomado el tiempo que antes dedicábamos al oficio de divagar. Nos hemos especializado tanto que hasta hemos asignado ese oficio ya a unos cuantos, gente afortunada como yo, que tiene la profesión de imaginar e inventar realidades que no existen.

Pero ya ven, las nuevas tecnologías también están poniendo ese mundo que yo habito en crisis. Cada vez hay menos tiempo para leer, y los jóvenes parece que ya no quieren tener que imaginar cuando el menú de sus iPads o de sus ordenadores les ofrece imaginar por ellos. El rey Schahriar habría preferido ver —casi estoy segura— la serie *Los Soprano* o *Mad Men* en su pantalla de plasma digital que oír los cuentos de Sherezada. De ese cuento mágico hoy solo quedaría la historia de otra mujer asesinada por la perfidia o megalomanía de un dictador. Pero siempre tendremos necesidad de las palabras. Seguiremos comunicándonos, seguiremos informados al minuto, en contacto instantáneamente, pero ¿acaso perecerá la imaginación?

Este último año ha sido abundante en demostraciones de un poder de las masas que, como nunca en el caso de los países árabes, han tomado un rol activo en el derrocamiento de dictaduras y en la exigencia de reformas en los sistemas que los rigen. Esa misma beligerancia la estamos viendo en los reclamos de los estudiantes en Chile, en Italia con el movimiento de mujeres Si no ahora, cuando, y aquí mismo, en España, con el movimiento de los indignados. El régimen de partidos políticos que, hasta ahora, ha sido el cauce para las demandas ciudadanas y para efectuar los cambios democráticos parece sufrir de un desfase y una crisis de credibilidad. Hay una especie de vacío mediando entre ese poder democrático que se está expresando en las calles y plazas del mundo y la posibilidad de esos ciudadanos descontentos, pero jóvenes y deseosos de cambio de lograr un participación eficaz y organizada en esos mismos cambios que ellos han provocado o están demandando.

Los medios de comunicación, unidos a las tecnologías actuales, están habilitando a las clases medias, los sectores profesionales, estudiantes y mujeres de instrumentos y modos de convocatoria inconcebibles hasta hace poco. Esto, en sí mismo, es un fenómeno democrático nuevo, pero también es, paradójicamente, un fenómeno para el que las democracias, configuradas como están en la actualidad, no parecen tener más respuesta que el desconcierto o la represión. Ante esto, repito la pregunta: ¿qué pasa con la imaginación?

A la influencia de la política en mi vida debo quizás el hecho de que mi imaginación siempre esté confabulando con mi ser literario, con mi gozo por los mundos que mi mente crea, por introducir en estos las visiones de realidades posibles. A mi manera de ver, la ficción tiene también un rol político. La *Utopía* de Tomás Moro ha sido tan importante para la modernidad como *El Príncipe* de Maquiavelo. La ficción crea a menudo realidades ideales, es cierto, pero eso no impide que estas, al empezar a vivir en las mentes de los hombres y mujeres, pongan en movimiento ideas y visiones que luego se plasmen en el tejido de la realidad concreta.

Las utopías han habitado mi literatura porque, hoy por hoy, la justicia social plena, la democracia verdaderamente participativa, la equidad de género, la honestidad administrativa, el equilibrio ecológico y hasta la felicidad de los seres humanos parecieran sueños utópicos irrealizables en la práctica. La aspiración, sin embargo, es real, y es mi convicción que mientras se mantenga vivo el deseo, y hasta si se quiere el espejismo de que esa otra realidad es posible, nos esforzaremos por alcanzarla. Ernst Bloch afirmaba que el «espíritu utópico» era similar al «principio de la esperanza».

En 1996 escribí *Waslala*, una novela en la que un grupo de poetas crean, en medio de la selva de un país tropical, una sociedad utópica. La utopía no funciona y muchos la abandonan, pero hay un grupo de personas que se quedan solamente para mantener viva la leyenda de la existencia de ese lugar mítico. Uno de esos personajes dice: «Hay quienes, aunque nos quedemos solos, tenemos que seguir manteniendo las Waslalas de la imaginación.

Imaginar la realidad sigue siendo tan importante como construirla».

En mi novela más reciente pude, por fin, hacer realidad un sueño nacido de una de las mejores experiencias que viví durante la Revolución Sandinista, cuando varias mujeres decidimos formar un grupo clandestino al que llamamos, en broma, PIE, por Partido de la Izquierda Erótica. Nos reuníamos, ideábamos estrategias comunes y luego las aplicábamos en nuestras distintas áreas de influencia. Mi novela revive esa experiencia, solo que en ella las mujeres del PIE logran tomar el poder en su pequeño país tropical.

La verdad es que en todas estas discusiones sobre cómo mejorar la democracia o cambiar el mundo casi siempre se omite hablar del efecto profundo que tendría y que tiene para cualquier sociedad que las mujeres se involucren plenamente, tanto en el trabajo como en la administración del Estado. Está comprobado que una de las cosas que tiene efecto inmediato en la mejoría del nivel de vida de una comunidad es la educación de las mujeres y su participación en la producción. Las mujeres somos las portadoras, no solo de la ética vital, sino de la ética erótica de la que habló Marcuse. El erotismo al que me refiero es el de la idea platónica que lo concibe como el deseo de belleza, la unificación de la experiencia corporal con la experiencia intelectual, en oposición a la mentalidad cartesiana que separa la razón de la emoción y que siempre ha sublimado lo masculino como racional y ha denigrado lo femenino por sentimental.

Imaginar un mundo donde consideremos el desarrollo tecnológico que hemos alcanzado en esta era de las comunicaciones como un instrumento que nos permita renovar la democracia requiere de una imaginación visionaria que le demande a la humanidad transformaciones esenciales que vayan más allá del pensamiento economicista y más allá de la configuración social que, hoy por hoy, separa a la humanidad, en primer lugar dependiendo del sexo, para luego dividirla según los colores de la piel o la abundancia.

Como imaginadora profesional que soy, yo los insto a usar el poder de la palabra y de la cooperación en pro de políticas audaces que desafíen el mundo como es para construir el mundo que debería ser. Las culturas, por muy milenarias o entronizadas que sean, que insisten en el poder solo para una minoría, sea esta partido, religión o grupo étnico, o que se niegan a permitir que la mujer, la mitad de su población, haga uso pleno de sus capacidades y la obligan a ocultarse y a desaparecer, ya sea en el hogar, ya sea detrás de velos que les niegan el disfrute del aire sobre la piel, del viento despeinándoles el cabello, tienen que saber —nos corresponde a todos decirlo— que nuestro compromiso con la felicidad, la libertad, el futuro y la imaginación, nos impide ser sus cómplices.

En mi país, la Cooperación Española ha financiado en los últimos años, además de muchos proyectos de construcción de ciudadanía y democracia, el más bello y pujante festival de poesía en Latinoamérica: el Festival Internacional de Poesía de Granada. Ese festival, hoy por hoy, es una expresión independiente de la cultura nicaragüense, que mantiene viva una tradición poética que, desde Rubén Darío, ha gestado poesía de la más alta calidad en el continente. Por una semana, todos los febreros, los poetas invadimos el país con nuestros cantos y les recordamos a todos su lado femenino, su lado tierno y visionario, su lado inconforme y transformador. No quiero terminar esta charla sin agradecerles ese apoyo y pedirles que nos sigan apoyando porque, si en algún lugar empieza el futuro, ese lugar es la palabra, ese lugar es la poesía.

[Fragmentos de la conferencia titulada «Contra el cinismo», dictada en un evento de la Agencia Española de Cooperación Internacional para el Desarrollo, Madrid, 2009.]

No hay que encubrir los pecados de los maridos

Difícil saber si Dominique Strauss-Kahn es culpable o inocente, pero, definitivamente, si yo fuera su mujer, no saldría a defenderlo. La complicidad de las esposas, ese tan femenino impulso de escudar al marido de las consecuencias de sus actos, no deja de ser un espectáculo casi tan triste como el de estos hombres que abusan de su poder y sus privilegios.

Ya en 2008, Anne Stein, la esposa de Dominique Strauss-Khan, optó por no darse por ofendida y barrer bajo la alfombra la revelación de que su esposo había sostenido relaciones con una empleada del FMI, siendo el presidente de la institución. Cuando el domingo recién pasado la policía detuvo a Strauss-Kahn en la cabina de primera clase de Air France, luego de que la camarera del Hotel Sofitel donde estuvo hospedado lo acusara de haberla forzado sexualmente, no solo Anne Stein, sino la exesposa de Strauss-Kahn negaron la posibilidad de que él fuera culpable de semejante desliz.

En 2003, cuando Arnold Schwarzenegger se postulaba para gobernador de California y la prensa tímidamente reveló que el candidato tenía en su haber varios episodios de acoso sexual, su esposa María lo defendió: «Pueden escuchar cualquier cantidad de cosas negativas y pueden escuchar a gente que nunca ha conocido a Arnold... o pueden escucharme a mí cuando les digo que yo no estaría frente a ustedes si este hombre no mereciera las mejores calificaciones como ser humano». Con este espaldarazo de la esposa —una Kennedy, ni más, ni menos—, Arnold se convirtió en gobernador de California.

La semana pasada, apenas cuatro meses después de que se le venciera su período, explotó el escándalo: resulta que el gobernador había tenido un hijo con el ama de llaves que trabajó en su casa por veinte años. María y ella estuvieron embarazadas al mismo tiempo, conviviendo a diario en la misma casa. Ahora, la Shriver, humillada tras la confesión del marido, lo ha dejado y él ha tenido que explicar públicamente el entuerto.

¿Qué motiva a estas esposas a salir armadas de sonrisas ante los medios a defender a estos hombres poderosos? Hillary Clinton le salvó el pellejo a Bill cuando, siendo candidato, la prensa destapó su relación con Jennifer Flowers. En vez de escarmentar, el hombre volvió a las andadas con Mónica Lewinsky y tuvo que pasar gran parte de su presidencia ocupado en protegerse de las consecuencias de ese desliz.

El caso más dramático en esta liga de mujeres defensoras de los actos indefendibles de los maridos es el de Rosario Murillo, actual primera dama de Nicaragua, quien, en 1998, cuando su hija acusó a Daniel Ortega de abusarla sexualmente desde los once años, en vez de apoyar a la hija, tomó el lado del esposo y hasta le pidió al pueblo de Nicaragua en un acto público que la perdonara por la clase de hija que había tenido. Fue una actuación verdaderamente insólita en una madre, pero que le valió a Rosario Murillo una cuota de poder desmesurada en la actual administración de su marido.

Como mujer no puedo más que rechazar la complicidad de estas esposas que facilitan las carreras políticas de sus esposos, a menudo a sabiendas de que, tarde o temprano, les tendrán que sacar otra vez las castañas del fuego. Si las mujeres queremos que cambien las reglas del juego, no podemos confundir la solidaridad —esa hermosa y muy femenina cualidad— con el encubrimiento. Para que los hombres cambien, nosotras también debemos cambiar esa arcaica costumbre de sufrir en silencio y apañar los abusos de los hombres que queremos. No hay poder que valga el respeto que nos debemos a nosotras mismas y a nuestras congéneres.

[Publicado con el título «El triste espectáculo de la complicidad de algunas esposas», en *Clarín*, Buenos Aires, 22 de mayo de 2011.]

El eros femenino: la invención de un nuevo paradigma

¿Quién duda del poder de lo erótico? Me considero una mujer en avanzado estado de juventud pero, estrictamente, fui joven en los 70. Por esos años apareció en mi vida el duende de la poesía. Me había casado a los 18 años. A los 19 tuve a mi primera hija. Ante la advertencia de mi marido de que debía dedicarme a ser ama de casa, empecé a soñar que me convertía en electrodoméstico —me despertaba sudando y sacudiéndome como lavadora de ropa—, así que decidí rebelarme y me fui a trabajar en una agencia de publicidad, ya que estudié publicidad y periodismo en Filadelfia. Entré entonces en un mundo que tenía dos niveles: en el nivel público se hacían campañas, *slogans, jingles*; pero en el otro, habitaba la bohemia.

En la agencia había un ejecutivo de cuentas que era poeta y que era visitado por artistas: pintores, escritores y guerrilleros solapados. De pronto comprendí que existía otra vida y otra Nicaragua, y que en esa yo podía ser partícipe. Dejé de soñar con electrodomésticos y empecé a conspirar contra la dictadura de Somoza. A mi noción de poder como mujer, se sumó la idea de una misión colectiva. Encontré otra comunidad y eso me permitió hacerme verdaderamente adulta. Me sentía eufórica, feliz de haber resuelto la famosa pregunta de cuál es el sentido de la vida. Esa felicidad se me desbordó un día y empecé a escribir poesía.

Los poemas, por obra y gracia de la impresión que le causaron al poeta Pablo Antonio Cuadra, director del suplemento cultural del diario *La Prensa*, en Managua, salieron publicados con gran despliegue un sábado de noviembre de 1970. Esos poemas, para mí, no eran más que celebración de ese «poder» del que me invistiera mi madre, pero su publicación me enfrentó con las limitaciones de ejercerlo. Mi familia se reunía los domingos en casa de mis abuelos. Era una familia grande: muchos tíos y tías y primos. Jamás olvidaré cuando entré en el corredor colonial, al lado de un patio central donde se encontraban sentados en círculo, en sillas mecedoras de mimbre. En vez de las felicitaciones que esperaba —pues ser publicada con tanta fanfarria en el periódico era un acontecimiento nada despreciable—, me encontré con un silencio ominoso. La tía Gladys, la más ácida de todas las tías, abrió los fuegos: «¡Qué vergüenza para la familia —dijo—. ¡¿A qué mujer se le ocurre escribir sobre la menstruación?!».

A partir de la publicación de esos poemas, mi esposo me anunció que tendría que someterlos a su censura antes de publicar ningún otro. Me negué. A los pocos años, nos divorciamos. Yo había pasado de tener noción de mi poder a *ejercerlo*; pero, igual que muchas mujeres entonces y ahora, poco a poco tomé conciencia de que mi eros femenino —ese poder cuyos efectos eran palpables en las reacciones masculinas a mi alrededor— no me situaba en una posición de ventaja, sino que problematizaba mi existencia.

«La liberación de la mujer solo será posible en el contexto de la liberación de la sociedad», sostenían mis amigos conspiradores. De aspirante a guerrillera, pasé a involucrarme de lleno en el movimiento revolucionario que condujo al derrocamiento de la dictadura somocista. Fue más fácil asumir el papel de mujer-heroína, condenada a prisión, obligada al exilio y perseguida, que el que me etiquetó —para siempre, aparentemente— como poeta «erótica». Lo de «heroína» me concedía respeto, lo de «erótica» me hacía vulnerable.

Vivir el triunfo de la revolución fue la culminación de un sueño pero, como bien dijo Calderón de la Barca: «Los sueños, sueños son». Después de diez años de ingentes esfuerzos, de trabajo día y noche, de enfrentar una guerra patrocinada por la administración Reagan, que obligó a la militarización del país y que consecuentemente impidió que aquel movimiento guerrillero evolucionara hacia la democracia popular, las tendencias autoritarias propias de las izquierdas se impusieron sobre la mística que aspiraba a la utopía.

Las mujeres que habíamos luchado a la par de los hombres, tanto en el campo militar como en el campo político, fuimos quizás las primeras en tomar conciencia de la distancia entre el discurso revolucionario y la realidad. Las demandas de trabajo eran tales que las que teníamos familia no disponíamos de sábados ni de domingos para atender a los hijos. Mencionar esas obligaciones era tomado casi como un pecado de lesa patria: el revolucionario se debía a la revolución. Preocuparse por la propia familia era una debilidad pequeñoburguesa. Por otro lado, poco a poco, las mujeres fuimos desplazadas del ejército y de las dirigencias. Cuando empezó la guerra contrarrevolucionaria, se nos dijo que nuestras demandas debían esperar. No se podía disgustar a la Iglesia legalizando el aborto; el feminismo no era parte de nuestra «cultura», como no lo era el lesbianismo o la homosexualidad. Las únicas mujeres que enaltecían la revolución como figuras ejemplares eran las «madres de héroes y mártires». Aparentemente, ninguno de nuestros héroes o mártires tuvo padre.

Descorazonadas pero convencidas de no cejar, un grupo de nosotras empezó a reunirse en secreto allá por 1985, para idear estrategias que promovieran una agenda reivindicativa femenina. Cada una de nosotras ocupaba posiciones intermedias importantes en el partido o en el Estado, o tenía acceso cercano a los dirigentes. Jocosas y desafiantes, nos bautizamos como PIE, Partido de la Izquierda Erótica. Éramos jóvenes, atrevidas y no teníamos miedo. Acordábamos líneas de trabajo y después cada una las impulsaba en su área, usando su propia iniciativa. Nuestra filosofía podría decirse que era «seducir para convencer». Quiero decir, no se malentienda, que el nuestro no era un feminismo excluyente, sino más bien un canto de sirena para que los hombres comprendieran que, al abrir el espacio para el desarrollo de la mujer, todos llevábamos las de ganar.

El PIE se anotó varios éxitos. En 1989 incluso propusimos a la dirigencia sandinista que nos permitieran lanzarnos como Partido de Mujeres, pues había claras señales de que el voto femenino podría significar la derrota electoral del sandinismo. No nos hicieron el menor caso y bueno… perdieron las elecciones.

Ya desde finales de los 80, en Nicaragua empezó a suceder lo que cuenta Orwell en *Rebelión en la granja*. Aunque la dirección era colectiva, uno entre todos ostentaba el poder formal: Daniel Ortega. Su metamorfosis en el cerdo Napoleón de la fábula orwelliana se consumó a través de varios años. Tras deshacerse o ser abandonado por sus antiguos compañeros que demandaban cambios, recurrió a pactos y a una política sin escrúpulos, hasta que logró volver a la presidencia en 2006. Muy probablemente, contraviniendo la Constitución, que prohíbe la reelección continua, y utilizando el control que ejerce sobre los poderes del Estado, se reelegirá ilegalmente en 2011. De la granja de los animales, transitaremos hacia otra realidad orwelliana, la de *1984*.

Eso es lo que pasa en Nicaragua hoy en día. Es paradójico que el sino de las utopías, en su mayor parte, sea el de pervertirse una vez que se concretan. Y no me refiero solamente a las utopías socialistas. El capitalismo moderno, en su etapa de globalización, apunta a convertirnos en homogéneos consumidores cuyo hedonismo irresponsable terminará destruyendo el planeta. Su éxito, ímpetu y capacidad de sobrevivencia bien podría ser nuestro fracaso. Creo que hay cada vez más conciencia en el mundo de que, como especie, estamos enfrentando crisis humanitarias y ecológicas inexcusables, en una era que cuenta con los avances y posibilidades de la nuestra.

El hombre, como artífice de los derroteros que, hasta ahora, hemos elegido —desde Hobbes, Locke, Rousseau, los socialistas utópicos, Jefferson, John Adams, Marx, Lenin, Mao y hasta Fidel Castro— no ha logrado formular un paradigma capaz de procurar la felicidad, el equilibrio y la justicia social anhelada. Ciertamente que hemos avanzado material y tecnológicamente, pero ¿somos más felices? ¿Hacia qué avanzamos? Esa es la gran pregunta.

Como mujer que goza del privilegio de habitar tanto en el primer mundo como en el tercero, como mujer que viene de regreso de revoluciones y transformaciones sociales radicales, la pregunta de qué es lo que hace falta en esa ecuación vital cuya fórmula escurridiza no hemos podido descifrar me ha venido intrigando desde hace buen rato. ¿Qué saberes hemos ignorado? Porque, si cubrir las necesidades materiales fuera la fórmula, ya lo sabríamos. Pero hay quienes tienen todo y son menos felices que los que sobreviven con lo necesario.

La economía ha sido, hasta ahora, la medida de todas las cosas. Justo es inferir que no se puede ser feliz con hambre, sin techo, sin la esperanza de un futuro libre de miseria. Pero la miseria no es todo. «No solo de pan vive el hombre», ni la mujer. ¿Es que existe la felicidad sin amor, sin cuido? Hasta hoy, las construcciones paradigmáticas carecen del análisis de esa dimensión fundamental de la existencia: el eros, la sexualidad.

Los hombres construyeron una racionalidad basada en la abstracción, en la macrovisión. Esa ha sido su importante contribución a la política y a las ciencias sociales. Pero esa visión ha demostrado limitaciones fundamentales, pues separa la esfera pública de la esfera privada, esa donde nos reproducimos, donde ejercemos el *amor* como fuerza fundamental de la especie para hacerse y rehacerse a sí misma. Se estudian el trabajo, la economía, pero las relaciones socio-sexuales y el peso que tienen en las formaciones sociales no son objeto del mismo nivel de análisis. En esa dimensión estamos solos; dejamos de formar una comunidad, dejamos de ser un mundo interrelacionado e interconectado, para habitar y enfrentar, en soledad, decisiones cuya trascendencia al final deciden nuestra felicidad o nuestro infortunio.

Es curioso, por ejemplo, que vayamos a la escuela y estudiemos física, matemáticas, química, saberes que, a menos que nos dediquemos a los mismos, olvidamos; y que no exista un currículo que nos enseñe el autoconocimiento o que nos prepare para la misión fundamental de cuidar y formar a esos hijos con los que contribuiremos a la elemental tarea de reproducir la especie y cuidar la supervivencia de nuestro planeta. ¿Cómo es posible que, en un siglo XXI donde la mujer ha demostrado enormes capacidades administrativas, intelectuales y prácticas, todavía se penalice la maternidad? ¿Cómo puede ser que todavía la mujer que decide ser madre tenga que enfrentar no solo la realidad de que puede perder el trabajo o las promociones que se merece, sino que, a falta de una red social adecuada que le ayude a cuidar a los hijos adecuadamente, tendrá que abandonar el disfrute de su pleno potencial y encerrarse a cambiar pañales y hablar en *baby talk* por muchos años? ¿Cómo es posible que la sociedad en su conjunto no se aboque a proveer un remedio para esta situación? ¿Cómo se explica que las empresas no tengan guarderías adecuadas, que el Estado no exija que la sociedad atienda a la familia y designe la maternidad como un rol que compete a hombres y mujeres por igual? ¿Cómo entender la falta de soluciones y alternativas para las mujeres que, con su fertilidad, contribuyen a la esencial reproducción, formación y cuido de la especie, con una capacidad de autonegación y sacrificio que, desafortunadamente, la sociedad explota y utiliza en prejuicio de ella misma?

Se habla de educación, pero está demostrado que las mujeres más educadas optan por no reproducirse. Allí están las estadísticas de España, Italia, Alemania... Y no se reproducen porque hacerlo significa sacrificar su potencial. No es solo una cuestión de dinero; es una cuestión de calidad de vida, del derecho que todos tenemos a eso que llamaba Aristóteles «actualización», «realización», y que, por la forma en que está organizada actualmente la sociedad —a partir de una perspectiva *masculina*— es incompatible, a menos que se tenga mucho dinero, con las funciones que demanda el cuido y la formación de cada nuevo ser humano.

Los paradigmas formulados hasta ahora por los hombres asumen para la mujer un rol absolutamente utilitario. Las concepciones sociales actuales contienen de una manera no explícita la acumulación de un valor intangible que no se ha valorado ni económica, ni laboralmente. Este valor es el compromiso que adquiere la mujer de amar y «sacrificarse» para que exista la familia. Pero ese autosacrificio es absolutamente contraproducente, y por eso es necesario que las mujeres y los hombres ilustrados modernos nos planteemos la formulación de un *nuevo paradigma* que se plantee una visión integral del desarrollo humano, y que brinde a la vida privada las condiciones para que las familias puedan existir bajo normas de reciprocidad, y no sostenidas sobre el trabajo femenino y la autonegación, ya sea de las madres, ya sea de las mujeres que las sustituyen. Y sobra decir que los padres, negados de esta experiencia familiar, también sufren de un vacío elemental en su experiencia humana; un vacío que cada vez más hombres resienten y que, estoy convencida, conduce a que la mayor parte de los procesos políticos en el mundo carezcan de consideraciones esenciales para el mejoramiento humano y ético de la especie en su conjunto.

Cuando hablo de la invención de un nuevo paradigma a partir del eros femenino, me refiero a la urgencia de pensar fuera de la caja y vencer la crisis de imaginación que aflige el pensamiento moderno, que parece haber llegado a un callejón sin salida; me refiero a la necesidad de girar la mirada hacia la *subjetividad* humana y, por ende, a los procesos en que se gesta. La mujer porta, como producto de su rol biológico, una ética, una práctica relacional y una inteligencia emocional que sigue siendo si no menospreciada, definitivamente subvalorada. Esa fuerza *erótica*, en el sentido griego de *vida*, al ser la mujer acallada, minimizada o sujeta a comportarse dentro de los parámetros de la competencia masculina, no ha ejercido el contrapeso requerido para el balance que tanto necesita el planeta y la civilización. La igualdad formal y legal adquirida dista mucho aún de derivar en un salto de calidad que permita que el «factor mujer» incida rotundamente en los procesos sociales y modifique la disonancia entre lo que pensamos y decimos y la manera en que vivimos.

El eros femenino sigue siendo manejado con pinzas. La dicotomía entre Eva, la seductora responsable del fin del Paraíso, y María, la Virgen, negada de su sexualidad, existe como contradicción antagónica tanto en las mujeres como en los hombres. Soy feminista, pero no acepto que el feminismo haya limitado sus batallas contemporáneas a dos aspectos negativos de la feminidad: el aborto y la violencia. ¿Dónde está la celebración del eros, de esa cualidad que nos permite a las mujeres embellecer y alegrar el mundo, conferirle su acogedora redondez? ¿Cuándo entraremos al mundo por la puerta grande, como mujeres y no falsificadas para caber en el *statu quo*?

Con base a mi experiencia nicaragüense en el Partido de la Izquierda Erótica, escribí la novela *El país de las mujeres*, que plantea la existencia de un mundo gobernado interinamente por mujeres. Mi novela propone soluciones accesibles para lidiar con el sesgo economicista y descarnado del desarrollo e iniciar prácticas sociales que, a largo plazo, impactarían en nuestra manera de vivir de mil formas. La novela propone un nuevo sistema: el *felicismo*, la búsqueda de la felicidad desde la transformación de la cotidianeidad. Lo propone con humor, pero no con liviandad. El nombre original de la novela era «Crónicas de la Izquierda Erótica», pero parece que los editores temieron, no sé si a la izquierda o al erotismo. En esta novela, se incluye el siguiente manifiesto:

Manifiesto del Partido de la Izquierda Erótica

1. Somos un grupo de mujeres preocupadas por el estado de ruina y desorden de nuestro país. Desde que esta nación se fundó, los hombres han gobernado con mínima participación de las mujeres, de allí que nos atrevamos a afirmar que es la gestión de ellos la que ha sido un fracaso. De todo nos han recetado nuestros ilustres ciudadanos: guerras, revoluciones, elecciones limpias, elecciones sucias, democracia directa, democracia electorera, populismo, cuasifascismo, dictadura, dictablanda. Hemos sufrido hombres que hablaban bien y otros que hablaban mal; gordos, flacos, viejos y jóvenes; hombres simpáticos y hombres feos; hombres de clase humilde y de clase rica; tecnócratas, doctores, abogados, empresarios, banqueros, intelectuales. Ninguno de ellos ha podido encontrarles el modo a las cosas y nosotras, las mujeres, ya estamos cansadas de pagar los platos rotos de tanto gobierno inepto, corrupto, manipulador, barato, caro, usurpador de funciones, irrespetuoso de la Constitución. De todos los hombres que hemos tenido no se hace uno. Por eso nosotras hemos decidido que es hora de que las mujeres digamos: SE ACABÓ.

2. De todas es conocido que las mujeres somos duchas en el arte de limpiar y manejar los asuntos domésticos. Nuestra habilidad es la negociación, la convivencia y el cuido de las personas y las cosas. Sabemos más de la vida cotidiana que muchos de nuestros gobernantes que ni se acercan a un mercado; sabemos lo que está mal en el campo y lo que está mal en la ciudad; conocemos las intimidades de quienes se las dan de santos; sabemos de qué arcilla están hechos los varones, porque de nosotras salieron aun los peores, esos que la gente libra de culpa cuando los llama «hijos de mala madre».

3. Por todo lo anterior, hemos considerado que para salvar este país las mujeres tenemos que actuar y poner orden en esta casa destartalada y sucia que es nuestra Patria, tan Patria nuestra como de cualquiera de esos que mal han sabido llevar los pantalones y que la han entregado, deshonrado, vendido, empeñado y repartido como se repartieron los ladrones las vestiduras de Jesucristo (Q.E.P.D.).

4. Es por eso por lo que lanzamos este manifiesto para hacer del conocimiento de las mujeres y los hombres que pueden ya dejar de esperar al hombre honrado y apostar ahora por nosotras, las mujeres del PIE. Nosotras somos de izquierda porque creemos que una izquierda a la mandíbula es la que hay que darle a la pobreza, a la corrupción y al desastre de este país. Somos eróticas porque eros *quiere decir «vida», que es lo más importante que tenemos, y porque las mujeres no solo hemos estado desde siempre encargadas de darla, sino también de conservarla y cuidarla. Somos el PIE porque no nos sostiene nada más que nuestro deseo de caminar hacia adelante, de hacer camino al andar y de avanzar con quienes nos sigan.*

5. Prometemos limpiar este país, barrerlo, lampacearlo, sacudirlo y lavarle el lodo hasta que brille en todo su esplendor. Prometemos dejarlo reluciente y oloroso a ropa recién planchada.

6. Declaramos que nuestra ideología es el felicismo*: tratar de que todos seamos felices, que vivamos dignamente, con irrestricta libertad para desarrollar todo nuestro potencial humano y creador, y sin que el Estado nos restrinja nuestro derecho a pensar, decir y criticar lo que nos parezca.*

7. A los hombres los invitamos a pensar y recordar quién los crio y a meditar si no les habría convenido más tener una madre que la ristra de padres de la Patria que tras todos estos años nunca les cumplieron. Únanse al PIE y no sigan metiendo la pata.

En ese tono de sátira política, mi novela describe un país donde, debido al humo tóxico producido por la explosión de un volcán, el nivel de testosterona de los hombres se desploma de tal manera que el voto de las mujeres los destrona y un gobierno compuesto únicamente por mujeres, después de enviar a los hombres a descansar a sus casas pues «mucho han trabajado siempre», asume el poder e inicia una serie de reformas dirigidas a transformar no solo las condiciones sociales y económicas del país, sino, sobre todo, la subjetividad de sus habitantes. A través de modificaciones de la forma en que funcionan los roles masculino y femenino, las mujeres ponen en movimiento un cambio que transforma la igualdad formal y legal en una práctica de reciprocidad.

Personalmente, estoy convencida de que, si bien la etapa de las revoluciones estilo siglo XX está superada —me refiero, por ejemplo, a las revoluciones clásicas de alzamientos populares armados—, en el siglo XXI estamos entrando a una nueva era revolucionaria, en la que el libre flujo de ideas, facilitado por las comunicaciones por Internet, va a tener efectos asombrosos. Ya lo estamos viendo en el lugar menos esperado: el Medio Oriente. Estoy igualmente convencida, sin embargo, de que esta vez lo que cuelga en la balanza es más serio y nos compete más a todos, pues nunca como ahora la teoría del caos es más cierta y nadie puede negar que el batir de una mariposa en

China puede desatar tormentas en el Caribe. Esta certeza de la interrelación entre todos los procesos sociales tiene necesariamente que tomar en cuenta el factor sexual: los nuevos paradigmas no son concebibles sin la incorporación de transformaciones sustanciales que terminen de una vez por todas con esa explotación primaria que existe en las relaciones humanas: la explotación del amor y el cuido que la mujer aporta en las relaciones y que, hasta ahora, ha sido considerada de manera totalmente utilitaria: fuente de poder y energía para el hombre, fuente de debilidad y vulnerabilidad para la mujer.

Cito a Carole Pateman: «Necesitamos un concepto de participación ciudadana universal basado en el reconocimiento de la diferencia sexual, de manera que la mujer para convertirse en una ciudadana plena no tenga que conformarse en pasar a ser un pálido reflejo del hombre, sino que pueda participar activamente como mujer». O como explica Viviana Sansón, la mujer que se convierte en presidenta de Faguas en mi novela *El país de las mujeres*:

—¿Cuál es mi idea? Vamos a ver. Ya hay mujeres presidentas. Eso no es novedad. Lo que no hay es un poder femenino. ¿Cuál sería la diferencia? Yo imagino un partido que proponga darle al país lo que una madre al hijo, cuidarlo como una mujer cuida su casa; un partido «maternal» que blanda las cualidades femeninas con que nos descalifican, como talentos necesarios para hacerse cargo de un país maltratado como este. En vez de tratar de demostrar que somos tan «hombres» como cualquier macho y por eso aptas para gobernar, hacer énfasis en lo femenino, eso que

normalmente ocultan, como si fuera una falla, las mujeres que aspiran al poder: la sensibilidad, la emotividad. Si hay algo que necesita este país es quien lo arrulle, quien lo mime, quien lo trate bien. ¿Qué tal entonces si pensamos en un partido que convenza a las mujeres, que son la mayoría de los votantes, de que actuando y pensando como mujeres es que vamos a salvar a este país? ¿Qué tal si con nuestras artes seductoras de mujeres y madres, sin falsificarnos ni renunciar a lo que somos, les ofrecemos a los hombres ese cuido que les digo?

—Las feministas nos acabarían diciendo que vamos a eternizar todo lo que se piensa de las mujeres —dijo Eva.

—Depende de qué feministas. El feminismo es muy variado. El problema para mí no es lo que se piensa de las mujeres, sino lo que nosotras hemos aceptado pensar de nosotras mismas. Nos hemos dejado culpabilizar por ser mujeres, hemos dejado que nos convenzan de que nuestras mejores cualidades son una debilidad. Lo que tenemos que hacer es demostrar cómo esa manera de ser y actuar femenina puede cambiar no solo este país, sino el mundo entero —dijo Viviana.

—¿Qué vamos a defender? ¿La lavada, la planchada, el cuido de los niños?

—Te repito: lavar, planchar, cuidar los niños no es el problema. El problema es que se menosprecie la mentalidad que hay detrás de eso; que se restrinja esa actitud femenina al terreno de lo privado, que no entiendan que eso hay que hacerlo con todo y entre todos; que cuidar la vida, la casa, las emociones, este pinche planeta que estamos arruinando, es lo que todos tendríamos que hacer: se trata de socializar la práctica del cuido en el que somos

especialistas y presentarnos como las expertas, las más calificadas para hacerlo.

—No votaría nadie por nosotras —dijo Rebeca, que recién llegaba, dejándose caer en un sillón y volando los zapatos.

—No es utopía pensar que las mujeres tendríamos un enfoque diferente —insistió Viviana. Si nos ponemos a pensar en la experiencia de vida que tenemos cada una, nos damos cuenta de que no hay igualdad. Miren el trabajo, por ejemplo: la mujer ha hecho enormes avances en los países desarrollados, pero a mí que no me digan que no les toca a ellas el mayor peso de la casa y los hijos. Por eso es por lo que existe ese techo de cristal que solo unas pocas traspasan. ¿Por qué creen que Alemania, Italia, España, se están quedando sin gente? Si no fuera por los inmigrantes, solo ancianos habría... Las mujeres no quieren reproducirse porque hacerlo significa dejar de vivir para dedicarse a criar. La maternidad en todo el mundo está penalizada; la mujer es penada por quedar embarazada, por parir y por cuidar a los hijos. Y es que entramos al mundo del trabajo, pero el mundo del trabajo no se adaptó a nosotras. Está pensado para hombres que tienen esposas. Si las mujeres hubiéramos organizado el mundo, el trabajo no estaría segregado de la familia, estaría organizado alrededor de la familia: habría guarderías maravillosas y gratis en los propios centros de trabajo. Podríamos estar con los hijos a la hora del café. Nos llevarían a los bebés para que les diéramos de mamar. Nos darían bonos productivos por cada niño que trajéramos al mundo. Ustedes habrán oído la teoría del eslabón más débil: por ser pobre y pequeña, Faguas puede ser el plan piloto de un sistema diferente

propuesto por nuestro partido: el felicismo. *La felicidad per cápita y no el crecimiento del producto interno bruto como eje del desarrollo. Medir la prosperidad no en plata sino en cuánto más tiempo, cuánto más cómoda, segura y feliz vive la gente.*

—Pero no me gusta eso de Izquierda Erótica —dijo Eva—. La izquierda ya no es lo que fue, según mi abuela. ¿Qué tal Partido de la Invención Existencial? Es PIE también.

Se rieron.

—Pues yo pienso que el nombre no está mal —dijo Viviana—. De una vez asumimos todos los prejuicios: nos declaramos putas, locas e izquierdosas. Cuando terminen de hablar del nombre, y estoy de acuerdo con Martina de que sería un escándalo, pero también una manera de darnos a conocer en tiempo récord, tendrán que ocuparse de lo que proponemos. Eso es lo que tenemos que trabajar: el programa, la propuesta de lo que haríamos diferente.

Las mujeres del Partido de la Izquierda Erótica emprenden en esta obra de ficción la tarea de involucrarse en la vida cotidiana de su gente. La vida cotidiana es el gran innombrable de los políticos porque la usufructúan, no la construyen, y, sin embargo, es en la familia, en esa vida cotidiana donde cada ser humano se prepara y se forma para sus relaciones con «el otro». Y, por otro lado, la vida del hogar, definida por las tareas que, como bien descubren los hombres de mi novela, no es que sean difíciles, sino que hay que hacerlas todos los días —sacar la basura, lavar los platos, hacer la cama, cuidar a los niños— no es justo que nos toquen solamente a las mujeres. Se apela a nuestro amor, al espíritu de autoabnegación con que la naturaleza nos ha dotado a las mujeres, para depositar en nosotras esas necesarias funciones de todos los días. Y ciertamente que ya hay muchos hombres que se involucran, pero lo hacen como una dádiva, ciertamente como algo que les gana puntos y que los hace sentirse modernos y «buenos» porque colaboran en una tarea cuya responsabilidad última —así está escrito desde hace milenios— le ha sido asignada socialmente a la mujer.

Mi esposo hace el supermercado a menudo y cocina porque yo solo sé hacer huevos en todas sus variantes, pero me hace saber que lo hace y se asegura de que yo me percate de mi suerte. Y mis amigas mujeres lo corroboran cuando las invito a cenar y lo ven cocinando. «¡Qué suerte la tuya!», me dicen. No dicen: «¡Qué suerte la de él, que tiene una mujer que trabaja como burro y que contribuye, sustancialmente, con el presupuesto familiar!».

He concebido este libro, del que les he leído algunos fragmentos, como un arma explosiva. Ya no me corresponde, ni viene al caso, la revolución armada, pero creo firmemente en el poder transformador de la palabra. Quería, después de la conclusión de la etapa de mi vida en que me tocó ser revolucionaria, demostrarme a mí misma que mi tarea como escritora podía suponer también la subversión y contener ideas incendiarias.

Creo que, para la propuesta de incorporar el eros femenino a la creación de un nuevo paradigma, es imperativo trascender el concepto de nacionalidad y concebir la globalidad como un escenario. Creo de todo corazón que no habrá cambios profundos en el mundo mientras no cambie y se transforme y se termine esta relación desigual que condena a la mitad del mundo a la marginalidad, la sumisión y, a menudo, a la muerte.

Los invito a acompañar esta revolución callada, lenta, pero necesaria, y a imaginar un mundo donde la justicia empiece por casa.

[Conferencia Raimundo Lida: «El eros femenino en la invención de un nuevo paradigma», Universidad de Harvard, Cambridge, 2017.]

Persistencia de la esperanza

Pronto tendré 70 años. Como creo que nos pasa a todos los que arribamos a esos puertos cronológicos, sin renunciar al futuro, uno siente cierta nostalgia porque el paisaje más ancho quedó atrás. Uno se pregunta si ha vivido «la vida virtuosa» que la humanidad ha tratado de definir desde el tiempo de los griegos. Y hay eventos más allá de nosotros mismos que ponen esa pregunta en primer plano.

¿Cómo no preguntarme ahora, por ejemplo, si valió la pena entregar mi juventud y buena parte de mi vida a una revolución que juzgué como lo más hermoso que me había tocado vivir? Uno se pregunta si es que la semilla de la tiranía y la intolerancia no puede ser erradicada, si es que la humanidad está condenada a vivir ciclos de repetida violencia, si es que de nada sirven las muertes generosas de tantos que han creído que un mundo mejor es posible.

Pero no me resigno al pesimismo. ¿Qué sería de nosotros si no creyéramos? ¿Qué habría pasado con todos esos que Hermann Kesten ayudó a poner a salvo si él no hubiese hecho su parte? ¿Cómo estaríamos si Nelson Mandela se hubiese deprimido y claudicado en la cárcel? Me consuelo pensando que, a pesar de este presente, no fue en vano que mi generación luchase por sus convicciones. La historia nos enseña que nunca han faltado los hombres y las mujeres que nos salvan de la desesperanza; que, así como hay monstruos que asesinan, nunca faltan quienes luchan por la libertad y la decencia.

Me libro del derrotismo afirmando que son nuestras expectativas de ver resultados en nuestras cortas existencias lo que conspira en nuestra psiquis y con frecuencia nos hace perder la tenacidad y la fe. Por eso, en vez de pensar en lo trágico que es ver Nicaragua sumida en esta represión, prefiero celebrar la rebeldía de mis compatriotas, pensar que es herencia de la revolución un pueblo que no tolera más dictaduras. Prefiero pensar que me será dado, con suerte y si dejo de fumar, ver otra revolución que repetirá en vez de aniquilar mi tenaz juventud. Siempre repito una reflexión que me hice leyendo un ensayo del poeta inglés Percy Shelley sobre su desilusión tras la Revolución Francesa. Tantas ilusiones, decía, para que llegara el Terror, el Imperio. Efectivamente, pasaron cien años desde 1789 hasta que se instaló la República verdaderamente en Francia, pero Shelley no llegó a verlo. No tuvo suficiente tiempo.

Estamos viviendo una época difícil para la humanidad. Lo viejo se resiste a morir e insiste en regresar. Es angustiante ver el populismo triunfar en el Brasil, la xenofobia y los antivalores lograr votos en Europa, pero este es el peor momento para perder el impulso de cambio y deprimirse. Además de confiar en el futuro, debemos trabajar incansablemente contra esas fuerzas, inspirar a la juventud, no pasarle nuestro escepticismo o nuestra oscura visión del presente.

Recurriendo a ese espíritu optimista, además de denunciar los atropellos a periodistas, en PEN Nicaragua hemos seguido trabajando, organizando foros sobre periodismo y arte en tiempos de crisis, debates sobre la autonomía de la Costa Atlántica. El 2 de noviembre organizamos un homenaje a los periodistas asesinados en la región. Hemos tratado, sobre todo, de abrir espacios donde no sentirnos solos, donde darnos fuerzas mutuamente y no dejarnos vencer por la feroz represión que sufrimos cada día. Debo decir que PEN Nicaragua cuenta con un equipo infatigable y guerrero que, desde Nicaragua, me acompaña en recibir este premio.

Mis vínculos con Alemania datan de los años 80 y se los debo, principalmente, a ese extraordinario personaje que tanto quiero, Hermann Schulz. Cuando era editor de Peter Hammer Verlag, él dio a conocer mi poesía y mi novela *La mujer habitada* al público alemán. Debo agradecer también a Lutz Kliche, que supo y sigue sabiendo traducir mis novelas y poemas con su lado femenino y también su lado nicaragüense. Atesoro la amistad de Lutz y su compromiso con la literatura centroamericana. Agradezco también a Viola Gabor, con quien he viajado incontables kilómetros por estas tierras hermosas, en conciertos y lecturas con el Grupo Sal. Ella me hizo amar el alemán que suena tan bello por su manera de decirlo y me ha enseñado mucho sobre el corazón de este país.

A PEN Alemania doy mi homenaje por ser refugio de escritores, por este premio Hermann Kesten que me honra, por personas maravillosas como Regula Venske, Joseph Haslinger, Carlos Collado y Nina George, a quienes he tenido el placer de conocer, y a todos los que he conocido en estos días. Mil gracias y que sigamos cabalgando como Quijotes con la pluma en ristre.

[Discurso pronunciado al recibir el Premio Hermann Kesten 2018, otorgado por el Centro PEN de Alemania.]

Leyéndole a Juan Gelman poemas por teléfono

Conocí a Juan Gelman en el encuentro de poetas más loco y bello del que tengo memoria. Fue en Roma, en 1982. En el escenario de los jardines de Villa Borghese, cada noche, multitudes de poetas nos juntábamos a leer. El programa colocaba primeros en el orden de lectura siempre a los italianos. Eran muchos, de manera que a los invitados nos tocaba leer casi siempre después de medianoche. El grupo de poetas latinoamericanos incluía, entre los que recuerdo, a Carlos Monsiváis, Jorge Enrique Adoum y Juan Gelman. Juan vivía en Roma en ese tiempo. El espectáculo de un público que, ante lo que consideraban mala poesía —era la época de la poesía concreta y de muchos experimentos no muy felices—, lanzaba al escenario cáscaras de naranja, naranjas enteras o lo que tuviera en las manos y abucheaba a los poetas, nos pareció surreal, viniendo como veníamos todos de países donde se respeta la poesía. El día que nos tocó leer, hacia la una de la mañana, decidimos subir en grupo al escenario, por si acaso, y acuerparnos mutuamente. No nos tiraron ninguna fruta, lo cual consideramos un triunfo de nuestro idioma. Entre esas peripecias, disfrutamos de lo lindo, nos reímos mucho y nos hicimos amigos.

Poco después, cuando la Revolución Sandinista vivía sus años más hermosos, pero también más difíciles, Juan se trasladó a Nicaragua y trabajó como periodista en la Agencia de Noticias Nueva Nicaragua. Fue una sorpresa para mí descubrirlo allí, trabajando con su sencillez habitual, uno más, perdido entre el personal de la agencia.

Yo quise sacarlo del anonimato, recuerdo alertar a todo el que amara la poesía de su presencia entre nosotros y le hice una larga entrevista para el suplemento cultural del *Nuevo Diario*, solo para descubrir, al final de la misma, que la grabadora prestada para la ocasión apenas había grabado su voz. Fue una lástima y una vergüenza para mí, pero Juan se lo tomó con filosofía, como un fiasco más de esos de los que está llena la vida. Y de nuevo nos acercamos a partir de lo que no funcionaba como estaba previsto.

La intensidad de esos tiempos en Nicaragua no era fácil y una se aferraba a las amistades. Juan y yo compartimos una amistad poética muy linda. Nos llamábamos por teléfono para leernos poemas y conversábamos sobre las mutuas soledades, dolores y esperanzas. Él, siempre adolorido por la memoria de su hijo, de su nieta perdida, guardaba en sus ojos toda la melancolía del mundo, pero a mí me impresionó siempre su dulzura, la suave manera con que se desplazaba como un ángel grande en un universo desquiciado; esa suavidad que está en su poesía y a la que él ha sabido dar voz imprimiéndole al idioma con que escribe sus propios, personalísimos ritmos.

Saludo la empatía que emanaba de un hombre, grande en su humanidad y poeta hasta los tuétanos. Saludo las coincidencias mágicas del destino que me permitieron leerle poemas por teléfono y compartir su magia por un corto tiempo.

[Incluido en el libro *Rebeliones y revelaciones*, Navarra, Txalaparta, 2018.]

Gozos y tribulaciones del arte de novelar

Quiero empezar agradeciendo a la Academia por incorporarme como miembro de número y a la vez saludar que aumente el número de mujeres que formamos parte de esta institución. Me siento especialmente privilegiada de que se me haya asignado la silla con la letra K que ocupó, en vida, Ana Ilce Gómez. Desde la primera vez que la leí, cuando yo empezaba a escribir poesía, me deslumbró el timbre único de su voz poética. Recuerdo que fue Juan Aburto quien me habló de ella y me animó a leerla.

La había visto a su paso por ese mundo de la publicidad donde ambas trabajábamos. Yo, como ejecutiva de cuentas, y ella, promocionando una revista que estuvo por un tiempo de moda, pero que pereció eventualmente. Me impresionaron de ella sus ojos y su silencio. Ana Ilce Gómez es, a mi juicio, la poeta más exacta y rigurosa que hemos tenido hasta ahora; una poeta que convirtió su melancolía en un instrumento de percusión porque el sonido de sus palabras pone ecos de tambor en el pecho de quien la lee, un tambor antiguo que habla desde la hondura del ser. La pluma de Ana Ilce logró tocar lo sublime y melancólico del ser femenino y de la condición humana. Ella fue una maestra de maestras y yo no puedo sentirme más que una humilde sucesora en el sillón que ella ocupaba.

Quiero agradecerle desde ahora a mi amigo, colega y maestro Sergio Ramírez por su discurso para recibirme en esta Academia. Su solidaridad es tan grande como su persona. Su generosidad lo ha llevado a poner a Nicaragua, y a los jóvenes especialmente, en contacto con los universos literarios allende de los mares en ese evento anual que es Centroamérica Cuenta.

Gracias a todos y cada uno de los académicos, y a Francisco Arellano Oviedo, por presidir esta Academia con dedicación y cariño. Un saludo especial a Francisco de Asís Fernández y a Pedro Xavier Solís, compañeros en la directiva del Festival Internacional de Poesía de Granada.

La novela tiene numerosos caminos que solo a ella conducen. No planeé convertirme en novelista. Fui poeta antes de ponerme a narrar los dictados de mi imaginación. Fue allá por 1985 cuando sentí la urgencia de escribir de otra manera. Quería salirme de mi entorno profundo y descubrir la forma de incorporar a mi escritura la realidad fuera de mí misma. Aunque la poesía también narra, las historias que la mía contaba eran historias interiores. Hablaba de sensaciones, imágenes efímeras y reacciones embebidas de mí misma. Pasé una época de desasosiego pensando qué hacer con esa necesidad de comunicar lo otro. Quería explorar mis capacidades, mi creatividad. Pensé en teatro, en poemas grupales, pero no terminaba de vislumbrar ese puerto al que quería llegar. Y bueno, al final, mi amor por las novelas me llevó de vuelta a ellas. Un sueño vívido y memorable que años atrás había tenido fue la semilla de *La mujer habitada*.

En una entrevista de William Faulkner que leí en estos días, él dice que escribió cinco veces *El sonido y la furia* tratando de liberarse de un sueño que lo angustiaba mientras no lo contara. Explica que la novela empezó con la imagen de los calzoncitos de una niña subida a un peral desde donde ella podía ver, a través de una ventana, el lugar donde se estaban realizando los funerales de su abuela y se los contaba a sus hermanos, que estaban al pie del árbol. La imagen que a mí me persiguió fue la de una mujer muerta cuya conciencia, cuando su cuerpo se libera y se hace tierra, penetra dentro de un árbol de naranja y se convierte en el espíritu, en la savia del árbol. Escribí dos veces esa novela, y las primeras cuarenta páginas las escribí innumerables veces. Me costó mucho trabajo. Investigué sobre los antiguos nicaraguas y sobre las culturas mesoamericanas; mezclé mitologías mayas y aztecas; tomé datos de la *Revista Conservadora* y del libro de Jaime Wheelock, *Raíces indígenas de la lucha anticolonialista en Nicaragua*, e hice acopio de mis recuerdos de la lucha antisomocista, enhebrando la ficción con la realidad de episodios vividos o escuchados.

Me di cuenta, en ese proceso, del extraño fenómeno de la imaginación y su *modus operandi* inexplicable, que forja una realidad alterna donde suceden cosas imprevistas. Siempre hago un mapa, un esquema gráfico del movimiento de mis historias; avizoro y esbozo el final, pero el mapa siempre se altera. Pareciera que existe una escritura invisible bajo la que van emergiendo circunstancias o personajes insospechados, pero que tienen una razón de ser asombrosa y orgánica. Virginia Woolf decía que la novela es como una isla encerrada en la neblina. Uno debe construir un puente para acercarse. Solo a medida que el puente se aproxime a ella, la isla se irá revelando.

Creo que terminé *La mujer habitada* en enero o febrero de 1988. La mandé a un editor de Editorial Diana en México. Lo había conocido por su interés por mi poesía y me había dado su tarjeta. Fausto se llamaba. No recuerdo el apellido. A las semanas recibí una carta suya diciendo que querían publicarla. Luego le conté a Hermann Schulz, el famoso editor de la Peter Hammer Verlag en Alemania, y él me dijo que la publicaría también. Los de Diana tuvieron problemas de producción que no padecieron, por supuesto, los alemanes. El resultado fue que la novela salió primero traducida al alemán por Lutz Kliche, en la Feria del Libro en Frankfurt, en octubre de 1988. No recuerdo cuánto me pagaron. Serían cuando mucho 500 o 1000 dólares.

Yo no tenía ninguna expectativa más que publicarla, pero pronto me di cuenta de que su existencia me cambiaba la vida. Tuve que aprender a hablar de ella para las entrevistas. Entré al mundo de los viajes, las editoriales y los agentes. Las preguntas de los periodistas me retaron a explicar el proceso creativo y la razón de la sinrazón. ¿Qué la motivó? ¿Por qué la india, por qué el árbol? ¿Cuál era el mensaje? Debí inventar argumentos para explicar lo que para mí era inexplicable por inefable. Todavía me sucede. Siempre tengo que hurgar e inventarme razones para describir un proceso al que no logro encontrarle la racionalidad de la que se espera haga alarde.

La mujer habitada me abrió el camino de otra faceta de la vida literaria. Su éxito fue inesperado. Creo que en los 80 fue una de las novelas nicaragüenses más vendidas. En el primer año, solo en Alemania vendió más de un millón de ejemplares. Y se sigue editando y se sigue vendiendo treinta años después, traducida al inglés, danés, holandés, italiano, portugués, griego, turco, finlandés, árabe, chino, euskera, para mencionar algunos idiomas, porque son muchos.

De manera que, inesperadamente, me encontré en la privilegiada situación de poder dedicarme únicamente a escribir. Y eso fue lo más grande que me ha pasado: poder dedicarme solamente a escribir, convertir la escritura en mi oficio. Nunca imaginé que tendría tanta suerte, la verdad. Citando a la Itzá de esa novela: «Silenciosa, la vida teje lienzos. Siento el rumor de los hilos creciendo telas de colores extraños; se acercan acontecimientos que no puedo más que intuir».

Fue así. Llegaron luego otros retos. Para la segunda novela me propuse no recurrir a ninguna experiencia que hubiese vivido. Deseaba explorar mi capacidad para inventar desde la nada una historia, evocar un mundo que tendría que aprender a conocer y donde habitaran personajes forjados en mi imaginación. Ursula Le Guin, posiblemente la mejor escritora de ciencia ficción de los últimos tiempos, fallecida hace poco, dice que «los escritores de ficción, al menos en sus momentos de valor, desean la verdad: conocerla, hablarla, servirle. Pero acometen esta tarea de una forma peculiar y sesgada que consiste en inventar personas, lugares y eventos que o nunca existieron o nunca existirán u ocurrirán». Ella se pregunta cómo es que una sociedad puede confiar en los escritores, semejantes mentirosos, y hasta atribuirles cualidades proféticas y visionarias.

Y es que la novela construye metáforas, signos de una verdad que, aunque no exista como tal, existe como realidad psicológica; existe como una capa de la realidad posible. «El arte es una mentira que revela la verdad», dijo Picasso. Al escribir mi segunda novela, *Sofía de los presagios* —publicada en 1990, que saqué como el mago se saca conejos del sombrero—, conté la historia de una muchacha abandonada de niña en el Diriá, que ignora su pasado, pero por cuya fogosidad y espíritu libre y emprendedor debe soportar la maledicencia de una vida pueblerina. Es una novela contada en clave nicaragüense, en tiempos de una revolución que solo aparece como telón de fondo.

En 1994 me topé con mi propia niña de los presagios: mi hija Adriana, que, como la Sofía de la novela, fue adoptada y se convirtió en la bella y fuerte mujer que ahora es. La aparición de ella en mi vida me reveló un amor maternal tan hondo como el biológico. No me percaté de la similitud entre la vida y la novela sino tiempo después. Me he preguntado si fue acaso que percibí su llegada. ¿Fue la intuición la que me hizo escribir una historia de ficción y empatizar de previo con mi propia niña de los presagios?

Cuando era joven, leí un ensayo de Aldous Huxley que se titula *Las puertas de la percepción*. En él esboza una teoría interesante a partir de sus experiencias con el peyote, una planta alucinógena que usan los indígenas en México en algunas ceremonias. Huxley sostiene que nuestro cerebro actúa como filtro de nuestros sentidos y dosifica el mundo exterior para que podamos funcionar.

Afirma que el artista, el escritor, tiene lo que llama «las puertas de la percepción» más abiertas a las sensaciones y a la fluidez de la línea del tiempo. Cita como ejemplo la asombrosa capacidad de pintores como Tiziano o Boticelli para retratar los quiebres, doblajes, las texturas de las telas; esos terciopelos, encajes o gasas cuya riqueza reprodujeron y que nos causan hoy el pasmo de la perfección. Huxley cuenta que, cuando tomó peyote, se pasó varias horas absorto en la textura y pliegues de su pantalón.

No sé qué tan acertada es su teoría, pero me remitió a una capacidad que sí gozamos y desarrollamos los escritores: la de darle a la palabra el don de trascender sus propios límites para que poder ver, oír, saborear y tocar lo imaginario. Se trata de la capacidad de observación, de registrar la realidad, guardarla celosamente y luego evocarla cuando se escribe. Un maestro de este arte es Sergio Ramírez, sin duda. La minuciosa composición de los escenarios de sus novelas es portentosa. Cierto que hay un grado de investigación para nombrar y amoblar esas escenas, pero hay sobre todo una imaginación que observa detalles que para otro pasarían desapercibidos. Quizás por eso a menudo padecemos los escritores de «andar idos» o parecer distraídos. El foco que ilumina el diario vivir suele expandirse, salirse de lo inmediato, alejarse del primer plano para que podamos percibir el trasfondo.

La experiencia más reveladora de esta, llamémosla «cualidad», la viví al escribir *Waslala*, una novela futurista en que propuse mirar el año 2050 no desde un futuro lleno de luces y carros voladores y las megametrópolis atiborradas, sino desde esta perspectiva llamada tercer mundo. Para escribirla, en 1996, me hice miembro de la Sociedad Mundial del Futuro (World Future Society), en la que filósofos, científicos y gente como yo participa y discute posibles visiones. También leí el *Future Shock* de Alvin Toffler, el futurista que advierte que «habrá demasiados cambios en un espacio de tiempo demasiado corto», e investigué en diarios, revistas y otros sitios. Pero en el transcurso de la novela, fueron las necesidades de los personajes las me hicieron «inventar» objetos.

Rafael, uno de los personajes —lo llamé así por Raphael Hythloday, el protagonista de *Utopía* de Tomás Moro—, es un periodista que llega de Estados Unidos a buscar Waslala, una utopía que la gente de ese país atrasado, llamado Faguas, jura que existe en algún lugar de su territorio. Rafael tiene consigo un dispositivo electrónico portátil tamaño bolsillo, con el que se comunica con su editor en audio y video, y donde además puede leer todos los libros que se le antojen. Ese aparato no existía en 1996. Lo inventé y lo llamé «MasterBook». ¡Lástima que no le saqué patente a esa Tablet imaginaria! Bien dijo Julio Verne que lo que un hombre puede concebir, otro lo podrá construir.

Se habla en *Waslala* de que el tercer mundo recibe la basura del primero y subsiste vendiéndole oxígeno de sus bosques. Todas estas cosas han sucedido ya. Esa percepción también, misteriosamente, deviene en una suerte de concatenación de visiones, metáforas y símbolos que les dan a las novelas, más allá del dibujo acertado de los escenarios y los personajes, producto del oficio y trabajo del escritor, esa verdad de las mentiras.

Quisiera leerles aquí un fragmento de *Waslala*, donde don José, el poeta, un personaje inspirado en José

Coronel Urtecho, medita sobre cómo el país se ha convertido en una tierra apartada del mundo, a la que llegan aventureros y contrabandistas porque ya los turistas no se arriesgan a ir por esas regiones debido a las epidemias y guerras inacabables.

Muchos viajeros habían pasado por allí desde que su mujer lo convenció de abandonar la ciudad e instalarse en la casa de madera pintada de verde y amarillo desde donde, en el crepúsculo, sentados en su corredor con barandas, contemplaban el agua fluir hacia el Atlántico. Le parecían siempre los últimos, los viajeros rezagados de las expediciones a El Dorado o a las fabulosas minas de oro en California; seres de miradas afiebradas que transitaban el río como si viajaran hacia el fin del mundo, con los mismos ojos de asombro que habrían tenido los conquistadores españoles o los piratas ingleses deslumbrados ante los árboles gigantes, la lujuria de colores, los pájaros deslizándose en el aire, altos y soberbios. En los ojos de los modernos navegantes cuántas veces no vio él la codicia con que surcarían el río los filibusteros, los comerciantes, el Comodoro Cornelius Vanderbilt, cuando instaló su Compañía del Tránsito para transportar a los buscadores de oro por una ruta corta y segura del Atlántico al Pacífico y extender su imperio naviero.

Río abajo, río arriba viajaron los extranjeros cargando delirios de grandeza, sueños, quimeras de canales interoceánicos, mitos de lo que se podría hacer con ese país si sus habitantes se traicionaban los unos a los otros y se vendían al mejor postor, ofertas sin descanso que invariablemente resultaban en guerras, guerras que ya para estos tiempos eran endémicas, que empezaban y terminaban en ciclos inagotables y cuyas causas ya ni se indagaban, ni parecían tener importancia. Se le cansaba la memoria tratando de sacar cuentas y recordar el inicio del caos, la transformación del país en campo de batalla, nación de guerreros, de caballeros andantes y maleantes. No le era posible definir con exactitud el momento en que el desarrollo de Faguas empezó a involucionar y el país inició su retorno a la Edad Media, perdiendo sus contornos de nación y pasando a ser, en los mapas, una simple masa geográfica como lo eran antes las selvas del Amazonas y ahora vastas regiones en África, Asia, la América del Sur, el Caribe: manchas verdes sin rasgos, sin indicación de ciudades; regiones aisladas, cortadas del desarrollo, la civilización, la técnica; reducidas a selvas, reservas forestales, a función de pulmón y basurero del mundo desarrollado que las explotó para sumirlas después en el olvido, en la miseria, condenándolas al ostracismo, a la categoría de terras incognitas, *malditas, tierras de guerra y epidemias donde nadie llegaba más que los contrabandistas. Ellos eran ahora el único contacto con el mundo exterior, los únicos con quienes él saciaba su curiosidad sobre el devenir fuera de aquellas soledades. Se llevaban minerales y sabe Dios qué otras cosas de Faguas, y traían a cambio armas, lotes de mercancías caducas, artefactos, objetos que en Faguas eran codiciados porque, después de todo, a cierto adelanto se acostumbraron antes de que se les descartara y se les declarara insalubres, un virus maligno que amenazaba, con su mera existencia, la vida civilizada, avanzada, afanada ahora con la idea de la exploración espacial, de emigrar en masa y empezar de nuevo en otra galaxia donde no se filtrara nunca por ninguna ranura la noción de otros seres humanos subsistiendo en condiciones primitivas, míseras, reproduciendo su pobreza, sus guerras, sus plagas sin control.*

Y, sin embargo, en el río él leía, escribía poesía, honraba a los clásicos. Hasta tenía un retrato de Whitman en su estudio, y predicaba el amor a la belleza, al arte, a la filosofía; la nostalgia por Waslala que algún día se llevaría a su nieta y lo dejaría sumido en aquella soledad sagrada.

Hablando de tribulaciones, esa novela me llevó seis años de trabajo, escribí un sinnúmero de versiones y a la postre no logró el éxito de otras. Últimamente la he visto mencionada con mayor frecuencia por lectores que la encuentran y la disfrutan. Y es que, en el mundo editorial, existe la tendencia de encasillar a los escritores en un género: autor de novelas históricas, dicen, o de novela negra o de romance, o de novelas femeninas. Cuando uno se sale del marco, sobre todo si una es mujer, las editoriales se desconciertan. Por haber escrito desde la perspectiva de mujeres protagonistas e incluir temas del universo femenino, yo ahora sufro de ese marco estrecho.

En el caso de las autoras de mi generación —porque entramos en una especie de *boom* de la literatura escrita por mujeres—, se ha dado un fenómeno interesante y triste a la vez: mientras las mujeres, que son, en general, el 70% de las lectoras de ficción, saludan el sentirse representadas comprando nuestros libros, la crítica y las instituciones literarias aún nos miden con un rasero desigual y nos endilgan juicios que yo considero inmerecidos, como ese de que escribimos literatura *light*, o sea, intrascendente. *Light* se suele llamar a lo que trata de las amistades entre mujeres, de los debates que sufre el género entre su papel doméstico y sus deseos de universalidad y de participación pública; *light* parece ser el amor, si lo contamos las mujeres.

Es curioso —y lo decía yo el otro día en un panel en la FIL Lima— que las mujeres jóvenes, que ahora están llamando más la atención, son las que están escribiendo en un estilo neutro o publicando novela negra o novelas de morbos o perversiones. No es así en el mundo anglo u otras culturas, pero en el de habla española, el machismo no está ausente de esa esfera del arte.

Ha sido interesante para mí la reacción a mi novela más reciente, en la que el protagonista es un hombre y la voz que narra es la primera persona masculina. Precisamente por cómo me tienen clasificada, que yo adoptara el punto de vista de un hombre ha sido motivo de comentarios y de innumerables preguntas. Quizás me lo busqué, pero los hombres han escrito desde todos los puntos de vista, y no sé cuánto le preguntarían a Carpentier por su protagonista de la *Consagración de la primavera*, o al mismo Sergio por su maravillosa novela *Sara*.

No voy a abusar de su paciencia hablándoles de la génesis y del proceso de cada novela que he escrito. Más bien quería cerrar con una reflexión sobre el misterio más grande de este oficio; ese que es, paradójicamente, su razón de ser: la pregunta qué nos hace contar historias. ¿Qué significa para nuestra especie esta fascinación? ¿Cómo es que lo que alguien inventa —y que sabemos producto de su imaginación— logra hacernos reír, llorar, desvelarnos, o quedarnos sobrecogidos por la belleza de lo que narra?

Le preguntaba a Carlos, mi esposo, el otro día, viendo una escena de amor en una película, qué sentiría el actor besando y tocando a Keira Nightly. Él me contestó: «Hay como quince personas mínimo alrededor de ellos, ¿no te das cuenta?». Y no, no me doy cuenta. La magia es esa.

Faulkner dice en una entrevista: «Hay unos tres candidatos a la paternidad de las obras de Shakespeare, pero lo importante es *Hamlet* o *El sueño de una noche de verano*; no quién las escribió, sino que alguien las escribiera. Lo importante no es el artista, sino lo que crea puesto que no hay nada nuevo que decir. Shakespeare, Balzac y Homero han escrito sobre las mismas cosas, y si hubiesen vivido mil o dos mil años más, los editores no habrían necesitado a nadie más desde entonces». «No hay nada más que decir», sentencia, y, sin embargo, uno va a la biblioteca o a una librería y se encuentra cientos de libros. Cada generación quiere contar historias a su manera y retar la manera de contar. ¿Por qué? ¿Por qué será? ¿Qué hace que los seres humanos queramos oír historias? ¿De dónde sale el amor por lo imaginario?

Decimos que uno vive a través de las historias lo que no puede vivir en la propia vida; que la literatura, el cine, nos permiten experimentar la multiplicidad de la experiencia humana. Pero no sé qué tan convincente sea esa explicación. Las historias son tan misteriosas como la belleza. ¿Qué utilidad tiene la belleza para la sobrevivencia de nuestra especie? ¿Por qué nos produce tanto placer?

Mientras escribía la novela que llamé *El infinito en la palma de la mano* —de un verso de William Blake, en «Augurios de inocencia»—, donde creo una versión alternativa del Paraíso y relato cómo sobrevivieron Adán y Eva después de que los echan del jardín del Edén, describo lo que imaginé puede haber sido el comienzo de esa necesidad de contar que tenemos. Cito el fragmento:

Fue la necesidad de sacarse la congoja la que la llevó [a Eva] un día de tantos a inventar una forma para poder mirarla fuera de ella. Se percató que con los tizones secos y ennegrecidos de la hoguera podía trazar líneas negras sobre las paredes de la cueva. Empezó tanteando el efecto sobre una de las paredes más lisas. Las torpes rayas del principio fueron haciéndose más fluidas con el paso de los días. Mientras trazaba imágenes en la pared, el brazo se le llenaba de un fluido cálido. La mano perdía la timidez y volaba delineando figuras con el carbón. Conoció entonces una felicidad distinta e inexplicable que tuvo la cualidad de hacer que se sintiera menos sola. Cuanto estaba oculto dentro de ella, salió a acompañarla. Luego retrató otras figuras. Así apareció el venado avistado entre los árboles y el bisonte magnífico inclinando la testuz. Con el polvillo rojo de las rocas hizo el sol. Dibujó el contorno de las riberas del río, las piedras de sus bordes y fue como si el rumor del agua sonara en sus oídos. También imaginó a Adán en sus exploraciones. Lo hizo surgir alto y monumental, más grande y fuerte que cualquier animal con el que pudiera toparse. Lo dibujó atravesando paisajes amables, durmiendo al abrigo de rocas sin que nada lo amenazara, segura de que la realidad encontraría la manera de parecerse a sus dibujos.

—Y yo que pasé las noches temiendo que me devoraran hienas o coyotes —había dicho él, mofándose para

disimular el pasmo que le produjo ver en la pared los perfiles de sus visiones.

No tardó en percatarse del poder de ver las figuras. Imaginar los dibujos, saber que Eva estaría delineando su regreso lo reconfortaba. En cada retorno, le narraba a Eva los detalles de sus incursiones para que ella, al dibujarlas, las viviera también. Le maravillaba verla mover la mano, sacar de entre sus dedos los trazos que, sin ser un venado o un tigre, parecían poseer la esencia del venado y del tigre. A la luz de la hoguera, Adán encontró el placer de narrarle sus correrías. A menudo cedía a la tentación de añadir a la realidad sus fantasías. Le daba gozo ver los ojos de ella pendientes de sus palabras. Era como llevarla con él y vivir todo aquello a su lado.

Como novelista, yo tengo esa sensación: la de vivir a lado de los personajes lo que les está sucediendo. La imaginación es una fuente de placer inconmensurable. El que crea comete el deicidio del que habla Vargas Llosa, porque mata a Dios y se torna en el Dios de su mundo imaginario. El que lee se convierte en quien lo subyuga dentro de esa república de papel.

Podemos concluir que la imaginación literaria es una forma de redención, la disposición innata en nuestra especie de intercambiar y compartir la experiencia humana, con el raro privilegio de hacerlo sin graves consecuencias. Aprendemos lecciones de vida sin tener que exponernos al dolor o incluso al gozo inmanejable de estas, pero la imaginación es también forjadora de cultura. El arte y su calidad visionaria la dota de otra magnitud, la de generar una ética de valores a partir de la comprensión de las fuerzas que mueven el comportamiento humano.

Es a través de las lecturas que nos formamos juicios sobre el bien y el mal, que concebimos nuestro amor por la patria, que analizamos la historia, que nos conectamos con sentimientos distintos a los nuestros, que avizoramos las utopías y las distopías, que podemos interiorizar lo que sufre el pobre, el discriminado, o lo que anida en la mente de los tiranos. Sin literatura, dice Vargas Llosa, «el espíritu crítico, motor del cambio histórico y el mejor valedor de su libertad con que cuentan los pueblos, sufriría una merma irremediable».

Sin lugar a duda, en la historia actual de Nicaragua, la literatura, las artes, han jugado un papel civilizador invaluable. Nuestro lenguaje contiene una concepción del mundo que ha contribuido a dar coherencia y socializar las ideas de justicia, de libertad y rebeldía que compartimos. Creo que ha sido la literatura y la poesía nicaragüenses las que más han contribuido a nuestro sentido de nación. Después de todo, Rubén Darío ha sido el héroe más venerado, el ciudadano con el que nos identificamos todos por parejo. La literatura, los ensayos académicos o científicos nos permiten interpretar y juzgar el presente y transformarlo en un futuro más acorde con nuestras aspiraciones; nos permiten evaluar las contradicciones, evolucionar hacia una visión positiva de nosotros mismos o considerar los riesgos de nuestras opciones.

Hay historias como *1984* y *Rebelión en la granja*, de Orwell, o *Fahrenheit 451*, de Bradbury, que nos han ayudado en estos tiempos a entender el lenguaje alienante y dominante que, desde el poder, predica falsedades. Para un cada vez menor porcentaje de la población, ese lenguaje ha generado una identificación paranoica y malsana, capaz de cometer crímenes y atrocidades basadas en la invención de un golpe de Estado. De la misma manera, creo que la fuerza colectiva ciudadana que hemos visto desplegada desde abril del año pasado contra este ataque a nuestra conciencia, vida y valores, le debe mucho a los creadores, poetas y escritores que este país ha producido en abundancia. Estoy segura de que los espíritus y letras de Rubén Darío, Pablo Antonio Cuadra, Pedro Joaquín Chamorro, Ernesto Cardenal, Carlos Martínez Rivas, Joaquín Pasos, Lizandro Chávez, Rosario Aguilar, Mariana Sansón, María Teresa Sánchez, Claribel Alegría, Vidaluz Meneses, Ana Ilce Gómez, Michele Najlis, Julio Valle; las novelas de Sergio Ramírez, de Arquímedes González, de José Adiak Montoya, de Fátima Villalta; los cuentos de Ulises Juárez Polanco; los poemas de Francisco de Asís, los trabajos de mis colegas en la Academia, los de tantos que el tiempo me impide nombrar, han creado e influido en esas visiones, valores y concepciones que no nos permiten, ni nos dejarán, sucumbir ante el mal que nos rodea y acecha.

Para nuestros hombres y mujeres escritores y artistas, héroes de las ideas, de la creativa e inagotable imaginación de esta patria nuestra, les pido un aplauso. Muchas gracias.

[Discurso de incorporación como miembro de número en la Academia Nicaragüense de la Lengua, Managua, 20 de agosto de 2019.]

Ser valoradas como escritoras

La reciente III Bienal de Novela Mario Vargas Llosa se convirtió en el chivo expiatorio de la crítica contra el «machismo literario» que, en términos rotundos, expresaron cerca de cien escritoras y algunos escritores para denunciar su «hartazgo y rechazo ante la disparidad de género que rige en la mayoría de los eventos culturales y literarios en América Latina, así como la mentalidad machista subyacente».

Un hecho ineludible hasta nuestros días, y que tiene sus raíces en la dominación secular masculina del mundo intelectual, es que aún son más conocidos los escritores que las escritoras. Mientras los hombres han tenido condiciones propicias para el desarrollo de su oficio desde tiempos inmemoriales, las mujeres en 1929, cuando Virgina Woolf escribe su lúcido ensayo *Un cuarto propio*, no tenían acceso a la mayor parte de las universidades —ciertamente ni a Oxford, ni a Cambridge—, y para entrar a una biblioteca debían contar con la carta de autorización de una firma masculina. La historia del desarrollo de la literatura escrita por mujeres ha sido atropellada y difícil.

Muchas de ellas debieron ocultarse bajo nombres masculinos, otras han debido esperar años para ser reconocidas. La lucha por tener «cuarto propio e independencia económica» —condiciones que Virginia Woolf consideraba esenciales para que una mujer pudiese desarrollar su talento literario— sigue siendo dura. A pesar de esto, es indudable que ya en este siglo las mujeres ocupamos un sitio destacado en el mundo de las letras, gracias a nuestro talento y calidad.

La respuesta masculina a este emerger vigoroso de poetas, ensayistas, cronistas, dramaturgas y novelistas no ha sido, por lo general, muy bondadosa. Los temas feministas y las novelas del mundo doméstico, del amor tocado por una mujer, han sido criticados y catalogados, con no poco menosprecio, como literatura *light*, rosa, y otras acepciones despectivas. Todavía persisten criterios antojadizos en la valoración de las obras que abordan la feminidad y su entorno. Este recibimiento, esta tacañería en celebrar y acoger la numerosa representación femenina como un valioso y necesario aporte a esa visión integral de la condición humana a la que aspira la literatura, ha venido generando no solo resentimiento entre las escritoras, sino la clara sensación de una injusticia que debe ser enmendada.

Endilgar, sin embargo, esta larga historia de cegueras y omisiones a un evento en particular fue, a mi juicio, desafortunado. Apenas se iniciaba la III Bienal de Novela Mario Vargas Llosa —en la que, hay que decirlo, entre sus primeros diez finalistas al premio se seleccionó a cuatro mujeres: Mónica Lavin, Laura Restrepo, Mónica Ojeda y quien escribe—, la cólera del olimpo literario descendió como un rayo sobre sus organizadores y participantes. Guadalajara y la FIL, que acogían el evento por primera vez y que han sido el espacio por excelencia para dar a conocer nóveles y experimentadas escritoras, recibieron con desconcierto que la III Bienal fuera la escogida para hacer un señalamiento que abarca una amplia gama de instituciones. La contundencia del ataque, luego de que la Bienal invitara a participar a mujeres —algunas de las cuales firmaron la carta— que no asistieron debido a otros compromisos, se vivió entonces como una agresión del feminismo que resultó en una actitud defensiva, nada proclive a la construcción de espacios más inclusivos para las mujeres.

Un lenguaje que demanda para las mujeres «una participación paritaria en todos los eventos literarios de los que aceptamos formar parte» y «un compromiso oficial por parte de las instituciones organizadoras, así como de la red de festivales, ferias, premios, congresos y debates en torno al libro, para garantizar, de una vez y para siempre, espacios justos, respetuosos y libres de violencia para las mujeres» expresa una posición debatible de discriminación afirmativa. Obligar a que nos inviten por nuestra condición femenina y no seguirnos imponiendo, como lo veníamos haciendo, por nuestra presencia editorial y la aceptación de nuestro público lector desmerece los logros alcanzados con enorme esfuerzo y sacrificio. Por otro lado, dejar en términos abstractos la definición de «espacios justos, respetuosos y libres de violencia para las mujeres» es demandar de las instituciones culturales garantías cuyo cumplimiento no podría medirse más que por la subjetividad de diferentes grupos o personas. Mezclar el justo reclamo de mayor reconocimiento a las obras con la protección física ante la posible violencia masculina es pedir normas que aún no se han escrito. ¿Se pretende acaso exigir «certificados de buena conducta» a los escritores invitados?

Ciertamente que las omisiones, la invisibilización de las escritoras, los roles secundarios que a menudo se nos asignan, deben ser motivo de reflexión y de cambios sustantivos en el mundo de la cultura, pero el uso de un lenguaje que confronta y escoge arbitrariamente a sus «víctimas» solo desmerece ese feminismo transformador que debe aspirar a convertir a los hombres en compañeros de ruta y no en contendientes en una lucha que solo ganaremos juntos.

[Publicado con el título «Polémica sobre la menor representación femenina en eventos literarios», en *El País*, Madrid, 2019.]

FEMINISMO, CUERPO Y *CUIDADANÍA*

¿Qué es ser feminista? ¿Cuántas definiciones existen, cuántos modos de serlo? ¿Cómo contar ese proceso de descubrir la disonancia entre lo sabido y lo aprendido, entre el ser para otros o el ser para una misma?

¿Cómo te hiciste feminista? ¿Cuál fue el detonante? Son preguntas que tienen particulares respuestas. La historia del feminismo sigue siendo individual. Cada mujer encuentra el trabajo contradictorio de construir y destruir en sí misma. El feminismo es el compendio de esas experiencias a través de las cuales se descubre el hilo que une nuestras experiencias personales. Al socializarlas, creamos comunidades que cuestionan las cosas como han sido y comparten el conocimiento acumulado de cómo despojarnos de esa carga ancestral para tijeretear las convenciones y salir al escenario del mundo dispuestas a mostrar lo que somos, no lo que nos han dicho que somos.

Por siglos dormimos en la crisálida que envuelve a la mariposa en capullos de seda hasta que las alas no resistieron más el encierro. Ahora somos miles volando a todo color por los espacios del mundo. Huimos de las redes que quieren atraparnos. Huimos de quienes nos prenden con alfileres en sus galerías para rendir homenaje a una belleza que todas sabemos transitoria. De una u otra manera, sin embargo, percibimos que, cuando el color reluciente de las alas empiece a quebrarse, intentarán descartarnos y olvidar el placer que les dio contemplarnos. Pero el feminismo nos ha forjado para desafiar ese olvido. Ya no lloramos la «juventud divino tesoro», que se va para no volver. Nos reciclamos en el pelo blanco, en la piel labrada con el hilo fino que pocos vieron gestarse y nos vamos a romper los alfileres y las trampas para que no haya más mariposas atrapadas.

Soy feminista desde que nací. Todas lo somos, a conciencia o no, porque ser mujer es almacenar el poder del universo en cuerpos magníficos cuyo interior es el más complejo y perfecto entre los seres vivos. Somos las creadoras, las reproductoras de la especie. Ser madre o no es una decisión personal, pero, sea lo que decidamos, vivimos con esa capacidad instalada cuyas manifestaciones van mucho más allá de parir o alimentar hijos.

Mi madre era una niña cuando murió la suya. Ella se hizo a sí misma. Era alerta y aprendió con su padre a venerar los libros. De allí vino el conocimiento que me transmitió, el amor por mí misma que me inculcó, el deslumbre de mí misma que me regaló mientras me ilustraba sobre el mundo, los hombres y me ungía con el poder que pasa de una mujer a otra.

La primera piedra del feminismo es la adoración del propio cuerpo. Cada uno de nuestros cuerpos con cada una de sus particularidades. Si el hombre quiso nombrarse inventor del pensamiento abstracto y endiosarse a partir de este, fue porque en algún imperceptible lóbulo de su cerebro comprendió que era su manera de elevar su valor y afirmar su estatus. Negarnos el conocimiento, monopolizarlo, que no aprendiéramos a leer ni tuviéramos acceso a las universidades, a la vida del intelecto, fue su defensa instintiva. El patriarcado sumió nuestros cuerpos en el encierro de un único rol, nos dejó que nos devoráramos nosotras mismas en nuestra innata vocación del cuido.

Hay una diosa azteca, Tlazoltéotl, también conocida como *the filth eater*, que era además la diosa del parto, de la fertilidad, del sexo y la carnalidad. Cito una sencilla explicación de Wikipedia: «Era conocida como "la comedora de suciedad" debido a que se creía que visitaba a la gente que estaba por morir. La diosa Tlazoltéotl mostraba las contradicciones de algunos valores morales sobre la feminidad en la sociedad azteca: traía el sufrimiento con enfermedades venéreas y lo curaba con la medicina, inspiraba las desviaciones sexuales, pero a la vez tenía la capacidad de absolverlas, y todo ello siendo diosa madre de la fertilidad, del parto, patrona de los médicos y a la vez diosa cruel que traía locura».

Esa descripción refleja esa contradicción esencial entre la potencia sexual y fértil de la mujer y roles como el de «comer lo sucio». Las versiones más letradas de la diosa Tlazoltéotl proponen que la suciedad se refería a los pecados, pero la escoba que aparece entre sus símbolos escultóricos refleja, en mi opinión, la misión doméstica de limpiar, de asear. Hemos sido las «comedoras» de lo sucio, de los desperdicios, de los pecados de los hombres.

Fértiles y sexuales y carnales criaturas —las mujeres—, encerradas tras los barrotes de la casa familiar, custodiadas y dominadas por nuestros dueños y, cada vez con más frecuencia, o al menos mayor visibilidad, asesinadas también por ellos. De manera que insisto en que la primera piedra del feminismo es la adoración del propio cuerpo, porque la primera piedra del patriarcado ha sido negarle su poder, su trascendencia, convertir su belleza en adorno volátil, satanizar su sexualidad para explotarla, denominarlo «peligroso» para justificar ocultarlo y volver la maternidad en un oficio no remunerado y una desventaja.

Como ya varias han señalado en los textos feministas, basta repasar los paradigmas entre los que hemos crecido en Latinoamérica, región eminentemente católica: Eva y la Virgen María. La seductora Eva, desnuda, que tentó a Adán para que comiera el fruto prohibido, razón por la cual todos cargamos con el pecado original que solo un hombre de sotana puede lavar con el bautismo; y la María de Nazareth, la mujer modesta, pura, sin pecado, que concibe al hijo sin lujuria ni sexo. Tan es así, que se conserva virgen «antes del parto, durante el parto y después del parto», circunstancia asentada como dogma incuestionable de la Iglesia.

La virginidad ha dejado de ser señal de virtud —menos mal—, pero el cuerpo femenino sigue siendo el eje de nuestra identidad, la razón de la sinrazón. Las luchas más recientes de nuestro género giran todas alrededor del cuerpo: la violencia machista es física, el aborto es físico, la desigualdad proviene originalmente de la maternidad. La lucha identitaria de las lesbianas, las transexuales, de todas las variadas formas en que actualmente se plantea la sexualidad, tienen su origen en el cuerpo femenino. No hay aun un símbolo de la sexualidad más rotundo ni más universalmente reconocido. El cuerpo de la mujer sigue siendo la manzana de la discordia también para el feminismo.

Hay corrientes y se han dado épocas en que pareciera que la liberación femenina se entiende como la liberación de la mujer de su propio cuerpo: el rechazo a la maternidad, el despojo de las señas de identidad tradicionales, la maldición de la belleza natural, la aspiración a una neutralidad sexual que, siento, está impulsada por la búsqueda de una identidad andrógina de los hombres, que no logran encontrar una masculinidad libre de la carga machista y patriarcal. Soy de la opinión de que mientras no resolvamos el eje de nuestra marginalidad que es, paradójicamente, el eje también de nuestro poder, el monopolio que poseemos de la maternidad, nuestras luchas identitarias seguirán creando deltas en el río de salida a ese mar libertario que anhelamos.

Ha sido interesante observar y meditar sobre por qué los feminismos, tanto en Latinoamérica como en el resto del mundo, parecen haber evitado la centralidad de la maternidad. El dominio sobre nuestro propio cuerpo se ha enfocado más en el derecho al aborto que en las luchas para imponer condiciones sociales que no conviertan la maternidad en una opción entre desarrollar nuestro potencial o quedarnos relegadas a la crianza. Hemos luchado por acceder al mundo laboral para encontrarnos con la agotadora misión de la doble jornada, con la imposible o dramática disyuntiva entre la excelencia profesional y la procreación. El decrecimiento demográfico en los países del primer mundo cuenta la historia de una elección absolutamente comprensible. Preferir no ser madre significa anteponer la realización personal a las tareas de cuido que implica traer al mundo y nutrir emocional, intelectual y prácticamente niños que, de hecho, se convierten en un impedimento para que continuemos siendo esas mujeres independientes, fuertes y brillantes que aportan al progreso de la humanidad o a su propia ambición individual. El remedio al que recurrimos es, usualmente, el trabajo de otras mujeres que se encargan de nuestros hijos y nos permiten el espacio para que crezcamos y podamos ser esas mujeres públicas habitando los roles que aspiramos.

Como feminista he tenido la oportunidad de realizarme en lo que quiero, y también criar cuatro hijos, gracias a vivir en una región del mundo donde la pobreza genera abundancia en puestos de trabajo domésticos. He contado con asistencia, con mujeres cuidadoras que he empleado para que cumplan por mí las labores maternales y domésticas; mujeres sin cuyo apoyo, mi vida no sería lo libre y satisfactoria que es. La injusticia del arreglo, sin embargo, no me es ajena. ¿Somos feministas quienes así resolvemos la contradicción? ¿Cómo es posible, me pregunto, que nuestras luchas como colectivos no aborden tan frontalmente como lo hacemos con el aborto o la violencia doméstica la responsabilidad social del cuido? ¿Será la solución que nos abstengamos de parir, que suprimamos esa experiencia y se la dejemos a las mujeres de países pobres que, por falta de educación, por ausencia de horizontes o por creencias religiosas, derivan su valor únicamente de su labor de madres?

El feminismo ha tenido grandes pensadoras, enormes discusiones sobre el origen de nuestra condición marginal. Hemos puesto al patriarcado en la mesa de las autopsias y examinado órgano por órgano su anatomía; lo hemos sitiado y condenado por sus abusos, hemos hecho que nos tema y todo eso está muy bien, pero yo no puedo dejar de ver una brecha muy grande, un punto ciego en nuestro actuar como mujeres. Ese vacío se refiere precisamente a resolver la contradicción esencial en la división del trabajo, se trata del costo social del cuido.

Mi novela *El país de las mujeres* es una aproximación a una moderna utopía. A la vez que reivindica el poder del cuerpo femenino y su sexualidad, predica una organización social que dedique gran parte de su esfuerzo a la atención de sus ciudadanos más pequeños sobre la base de que en ellos descansa el futuro. Esta atención, sin embargo, deja de recaer en la madre. Traigo esto a colación pues pienso que estamos por entrar, espero, en un mundo postpandemia, que estará más sensibilizado a las demandas que se derivan de la esencial y fundamental importancia del cuido.

Hasta ahora la producción, la riqueza, las economías han elaborado mundos disociados de la vida cotidiana de los trabajadores de todos los niveles. Hijos, hogares, la salud física, incluso, es el mundo ajeno que cada uno, hombres y mujeres, dejan fuera del edificio cuando ocupan sus puestos de trabajo. La irrupción de ese mundo —por embarazo, por enfermedad, por el deterioro inevitable de los mayores— causa trepidación y solapados deméritos en las hojas de vida profesionales del sitio laboral. El acuerdo tácito es que no deben coexistir ambos espacios. Esa concepción, a mi juicio, parte precisamente de la antigua división del trabajo, donde el hombre proveedor contaba con una mujer que se hacía cargo del frente doméstico. Es una situación del pasado que, sin embargo, se ha perpetuado en prejuicio principalmente de las mujeres, no importa si el marido es un hombre evolucionado que «ayuda» en las labores del hogar.

Teresa Rendón afirma en uno de sus ensayos: «A pesar de que en las últimas décadas ha habido un incremento generalizado de la participación femenina en la actividad económica para el mercado, más de la mitad de las mujeres adultas que pueblan el orbe se dedica exclusivamente a la producción de bienes y servicios para el consumo de sus familias (incluido el cuidado de los hijos y de los ancianos)».* Cierto que la pandemia posiblemente tenga un impacto permanente en una nueva organización laboral que incorpore el trabajo a distancia y saque mayor provecho de los recursos tecnológicos, pero habrá que ver si estos cambios significarán ventaja para las mujeres o, al contrario, las obligarán a un exceso de *multitasking* con el consecuente estrés y desgaste físico y emocional.

He venido desarrollando de forma empírica esta reflexión sobre la maternidad como un eje biológico

* Teresa Rendón: «La división del trabajo por sexo en el mundo», en *Investigación Económica*, vol. 61, nº 238, octubre-diciembre de 2001, Facultad de Economía, Universidad Nacional Autónoma de México, pp. 157-202.

determinante en la vida de las mujeres, en aras de hacer una crítica al feminismo, creo que dominante, que a menudo se ha alienado de la práctica social de las mujeres para centrarse en el análisis conceptual y las problemáticas de la identidad de género. La intelectualización del feminismo ha sido muy enriquecedora, pero también ha creado un feminismo complejo y superestructural, donde muchas son las llamadas, pero pocas las escogidas. Las feministas a menudo componemos organizaciones y grupos que se fraccionan más de lo quisiéramos, en base a análisis conceptuales diversos que generan disensos y nos separan en bandos diríase que enemigos. Ya está en el horizonte la discusión sobre la pertenencia o no de las transexuales a la experiencia femenina primaria. No es mi intención abordar esa problemática, sino señalarla advirtiendo sobre la posibilidad de que esta discusión tome primacía en un panorama postpandémico.

A mi juicio, las feministas estamos en un momento clave. En esta coyuntura habrá condiciones y sensibilidad para tomar posiciones claras y protagonizar demandas postergadas. Están dadas condiciones excepcionales para poner sobre la mesa y alterar para siempre la distribución de responsabilidades en las tareas del cuido que, hasta ahora, son el grueso del trabajo de las mujeres, un trabajo no remunerado sin el cual la sociedad no podría funcionar como lo ha hecho hasta ahora.

A la continuidad de la lucha por el derecho a la supremacía sobre nuestros cuerpos —el derecho a la interrupción de embarazos no deseados, la prohibición de la mutilación femenina, el acceso gratis y sin discriminaciones al control de la natalidad—, pienso que nos toca levantar la bandera por la socialización de las tareas del cuido.

El arco que va desde el nacimiento de un ser humano hasta su decadencia requiere de la intervención social y del papel y los recursos del Estado. Es paradójico que, cuando se habla de la creación de empleo, no se piense más que en labores de producción inmediata de bienes que, a menudo, emplean personal masculino o tienen como consecuencia la generación de productos innecesarios que, a la larga, afectan el equilibrio ecológico.

La propuesta feminista debería ser la creación de un empleo nuevo, con una educación y un entrenamiento especializado para crear personas entrenadas en el cuido y desarrollo de los niños de 0 a 5 años. Esos primeros cinco años de vida del ser humano son cruciales y tendrían que contar con programas y personas educadas cuyo trabajo sea socialmente valorado y bien remunerado. La creación de un nuevo sector como este partiría también de la inversión estatal en una red gratuita de guarderías y centros de desarrollo infantil, a la disposición de madres solteras y familias. Esta red podría estar adosada a las escuelas estatales ya existentes y estar incluida en el concepto de educación gratuita.

Es de notar que son pocos los países que incluyen este aspecto crucial del cuido en sus programas estatales. En no pocos países del primer mundo, todavía hay que pagar este servicio a muy altos precios y depender de empresas privadas que lo ofrecen. El Estado, en ese caso, podría subsidiar estos centros de manera que las familias con capacidad económica pudiesen aportar según una escala proporcional a sus posibilidades.

Otro derecho fundamental es el de la baja pagada a las mujeres embarazadas un mes antes y hasta dos o tres meses después del nacimiento de sus hijos. Parece mentira que, en países ricos como Estados Unidos, las mujeres o los padres carezcan de este derecho; en los países nórdicos, el padre y la madre se alternan la baja seis meses cada uno.

Por otro lado, la atención a los ancianos o personas con discapacidades tiene también que ser socializada y contar con programas estatales adecuadamente financiados, que tomen en cuenta diferentes niveles de atención según las necesidades. Este sector del área de cuidados necesarios tendría que generar puestos de trabajo especializados e inversiones en instalaciones apropiadas para brindar estos servicios.

Es previsible también que haya numerosas mujeres que opten por encargarse de estas tareas de forma personal. A ellas entonces se les debe reconocer el trabajo con un salario adecuado a las horas y al nivel del trabajo desempeñado.

Podemos estar seguras de que, tanto en el caso de los infantes como en el de los ancianos y personas con discapacidad, si las mujeres no hubiésemos asumido estas tareas de forma gratuita y les hubiese correspondido a los hombres, no hay duda de que estos servicios y redes de guarderías existirían igual que existieron las universidades y los monasterios.

No corresponde a esta reflexión detallar las muchas maneras y estímulos fiscales que se podrían instituir para involucrar a grandes empresas en la institucionalización de guarderías y facilidades para las familias con hijos, pero el ámbito de posibilidades de empleo e inversión en la creación de este nuevo sector *cuidadano* en nuestras sociedades significaría una modificación revolucionaria en los estilos de vida y prioridades de la sociedad.

Cambios de esta naturaleza, sin embargo, continuarán siendo utópicos sueños, a menos que el feminismo y las feministas, con la experiencia de lucha acumulada y los saberes de tantas, nos planteemos como objetivos esenciales de nuestras luchas por la igualdad, estados *cuidadanos* que dediquen presupuestos y programas adecuados a convertir las labores del cuido en una preocupación esencial.

El abrazar y elaborar propuestas que abarquen estas necesidades adaptadas a las realidades de cada país abriría espacios y capacidades de expansión del feminismo. Si hay sectores de mujeres que han satanizado el feminismo en base a sus convicciones religiosas, al desconocimiento, o como consecuencia de asociar el feminismo únicamente con las problemáticas de la identidad, estoy segura de que estas reivindicaciones contarían con el apoyo y la energía de muchas de ellas.

Sé que, en el ambiente predominante hasta ahora, mis planteamientos pueden resultar ofensivos o utilitarios, pero he escrito esto no para cuestionar el incesante trabajo intelectual y filosófico que el feminismo ha venido haciendo y que valoro, sino para hacer una invitación de sororidad con tantas mujeres en el mundo que, abrumadas en sus vidas diarias por el cuido que les toca brindar, también merecen nuestra atención.

Si la práctica social determina la conciencia, no podemos pretender que la conciencia feminista se universalice si no cambiamos la práctica social que ha designado el ámbito del cuido como un ámbito privado y con pocos recursos. La explotación del hombre por el hombre ha sido bandera de revoluciones y movimientos sociales. En cambio, la explotación del trabajo femenino invisible que explota la disposición de las mujeres a llenar esos vacíos sigue limitando la plena realización de las mujeres, sobre todo en regiones como América Latina.

[Conferencia dictada en La Universidad de Costa Rica, San José, mayo de 2021.]

Erotismo, mujer y literatura

El acto de escribir literatura sigue siendo un misterio y un deslumbre para mí. Convocar la imaginación y sentirla tomar el timón de la mente, y formular saberes y sentimientos con las palabras tiene mucho de inexplicable. Es inexplicable el estanque que de pronto se hace río y traza paisajes, personajes e historias. Es inefable la poesía cuando brota inesperada, como suele suceder en mi caso, con la fuerza de un géiser. Cuando escribo, soy una ciega que va tanteando, que espera el ser interno que no puedo explicar racionalmente, pero que me ocupa entera y me hace habitar visiones y sensaciones.

Como mujer me siento privilegiada por una antena muy sensible, no solo para captar lo que sienten otras mujeres, sino porque al escribir siento una identificación muy profunda con mi género. Sé que muchas cosas han cambiado desde que yo era una joven de veinte años que escribió sus primeros poemas, pero nuestra historia es como la de la tierra con sus capas geológicas o como la de los árboles con sus anillos. Vamos creciendo, expandiéndonos, pero lo hacemos sobre esas capas, crecemos sobre esa madera originaria, de manera que mucho de lo que vivimos tiene como base esas capas y esos anillos. Lo que fue sigue estando signado por esas fabricaciones sociales y esos siglos sobre los que hemos ido avanzando. Llevamos dentro conflictos ancestrales porque el patriarcado habrá ido cediendo terreno, pero en muchos sentidos permanece anclado sobre sus cimientos.

Una es educada para la esquizofrenia. Empezamos con los lacitos rosados hasta llegar a los jeans que rozan el borde de las nalgas, o las camisetas por donde asoman los pechos que la moderna armazón de los sostenes insiste en empujar cada vez más arriba. Pero mientras así nos vestimos, afirmando nuestra identidad sexual y el orgullo por nuestros contornos, recibimos la andanada de mensajes que nos advierten sobre las trampas y los laberintos de la sexualidad. Cambian la moda y los tiempos, las chicas son más desinhibidas para vestirse, pero el mensaje es el mismo: expresarse sexualmente es arriesgado para las mujeres. Mientras el eros femenino es exaltado en el cine y los medios masivos, la sujeta erótica, la mujer, recibe alta y clara la norma escrita para su género: «Oculta tu sexualidad. No seas como Eva; sé más bien como la serpiente: tienta, pero con sigilo».

Creo que llegué al erotismo a partir de una visión de sujeto y no de objeto sexual, por lo que a partir del momento en que se me quiso suprimir, el erotismo se convirtió para mí en el primer paso no solo hacia una conciencia feminista, sino hacia un militante compromiso político para alterar la organización de un sistema social. De militante de la libertad de mi propia poesía pasé a militar clandestinamente en la organización que luchaba por derrocar a la dictadura somocista en mi país. Mi cuerpo tomó forma de país y el erotismo se expresó entonces en la simbiosis de anatomía y geografía:

Ríos me atraviesan,
montañas horadan mi cuerpo
y la geografía de este país
va tomando forma en mí,
haciéndome lagos, brechas y quebradas,
tierra donde sembrar el amor
que me está abriendo como un surco,
llenándome de ganas de vivir
para verlo libre, hermoso
pleno de sonrisas.
Quiero explotar de amor
y que mis charneles acaben con los opresores
cantar con voces que revienten mis poros
y que mi canto se contagie;
que todos nos enfermemos de amor,
de deseos de justicia,
que todos empuñemos el corazón
sin miedo de que no resista
porque un corazón tan grande como el nuestro
resiste las más crueles torturas
y nada aplaca su amor devastador.

Me casé y tuve a mi primera hija siendo muy joven. Entré a la maternidad sintiéndome un monumento a la vida, pero de nuevo me encontré con ese eros vital culpabilizado. Uno vive la maternidad con un sentimiento ambiguo: al deslumbre ante la manifestación biológica más poderosa de la especie, sigue la realización de que el yo se ha bifurcado. Expresé el deslumbre en este poema:

Ya se quedó dormida la muchachita.
Cerró de nuevo su corazón de palma.
Terminó su lección de 24 horas en que la vida
es un juguete que se arma y desarma.
¡Qué linda se ve mi muchachita dormida!
Parece un mar que se quedara quieto de repente,
o una canción que no necesitara viento para oírse;
mi muchachita-milagro, mi deslumbrante mujercita en miniatura...
Pequeña y misteriosa mano, pestañas que salieron de mi vientre.
¿Dónde estará escondida esa maravillosa fuerza
que me tejió por dentro esta muñeca?
¿Cómo fue que el amor floreció de esta manera?
¡Qué estrella me reventó en el sexo
y me entregó este chiquito planeta perfecto...!

La gestación y el parto, socialmente, son símbolos de un estatus que, en lugar de dar a quien lo adquiere acceso privilegiado a la sociedad, la marginan de esta y la colocan no solo en posición de desventaja, sino en situación de dependencia y vulnerabilidad. De esa otra cara de la maternidad, comparto un poema extraordinario de Rosario Castellanos, la escritora mexicana, que tiene uno de los aforismos más decidores sobre la sospecha que recae sobre la mujer educada: «Mujer que sabe latín, ni tiene marido, ni tiene buen fin». El poema se titula «Se habla de Gabriel»:

Como todos los huéspedes mi hijo me estorbaba
ocupando un lugar que era mi lugar,
existiendo a deshora,
haciéndome partir en dos cada bocado.

Fea, enferma, aburrida
lo sentía crecer a mis expensas,
robarle su color a mi sangre, añadir
un peso y un volumen clandestinos
a mi modo de estar sobre la tierra.

Su cuerpo me pidió nacer, cederle el paso;
darle un sitio en el mundo,
la provisión de tiempo necesaria a su historia.

Consentí. Y por la herida en que partió, por esa
hemorragia de su desprendimiento
se fue también lo último que tuve
de soledad, de yo mirando tras de un vidrio.

Quedé abierta, ofrecida
a las visitaciones, al viento, a la presencia.

Yo lo digo también de otra manera en el poema «Nacimiento de Maryam», hablando de la llegada al mundo de mi primera hija.

El recuerdo huele a noche de Managua.
La brisa moviendo las hojas de los mangos.
Las paredes verdes del hospital.
El doctor Abaunza sentado en una mecedora

con su impecable bata blanca almidonada
y sus gruesos bigotes.
(Me bastaba verle las manos para sentirme segura.)
Yo, en la cama,
oyendo las voces de tus abuelos a lo lejos
desde el mundo donde solo existíamos
tu cuerpo, mi cuerpo
y las leyes de la creación
separándonos.
Diecinueve años tenía tu madre.
«Tan jovencita», dijo la enfermera,
mientras yo me sentía antigua.
(No hay momento de más sabiduría que el parto: el rito milenario de la especie hace una a todas las mujeres.)
Cada uno de mis músculos sabía su oficio.
Sordamente hacían su labor los huesos.
Se abrían los pasajes.
Cada dolor partía la carne
y era soportable tan solo por la promesa final:
el rostro pequeño al otro lado del túnel;
el abrazo al final de la carrera.
Fueron doce horas de arduo trabajo:
mi cuerpo empujándote hacia el mundo,
tu cabeza abriéndose paso hacia la madrugada.
Eran las dos de la mañana
cuando me pasaron a la camilla.
A través de corredores oscuros
—láminas cuadradas en el techo
luces de neón pálidas—
entramos a la sala de operaciones.
Por fin, la bendita anestesia.

Ya sin dolor, tuve que contener la risa:
el ayudante del médico, bajito,
subido sobre un par de gradas
me apretaba la barriga. «Empujá, empujá»,
«ya viene, ya viene».
Hasta que llegaste,
hasta que, a distancia, te vi cabeza abajo
cubierta de sebo y sangre, llorando.
«Es una niña», dijo el doctor Abaunza.
Afuera, sobre el marco de la puerta de la sala de operaciones
en el Hospital Bautista,
encendían una luz para anunciar al padre y la familia
el sexo del recién nacido.
Pensé en la luz roja iluminándose.
Hace ya veintisiete años de aquello,
pero la memoria me devuelve minuciosa cada detalle:
te tuve en mis brazos tanto tiempo
que tu cabeza aún blanda tomó la forma de mi brazo
y me espanté y lloré creyendo haberte hecho daño.
Todavía me pasa.
Todavía me espanto y lloro
cuando pienso que te he causado dolor.
El parto apenas comienza cuando se nace.
Todavía y quizás para siempre
estaremos pariéndonos a empujones.
Viajando por la vida con la nostalgia
de habernos separado,
amando la cueva oscura,
el silencio fluido, amniótico, de la
más íntima cercanía,

pero también la luz, el aire,
la existencia distinta de la una y la otra.
El misterio de la vida nos acerca y nos aleja
pero el amor es más grande que todas las contradicciones.

A partir del siglo XIX, en que la mujer irrumpe y ocupa definitivamente un espacio propio en la literatura universal, las escritoras hemos tratado de hacer una revisión de nuestra posición en el mundo a partir, no de un proceso de competencia con los hombres, sino de un proceso de autocreación y de reinterpretación de las lecturas masculinas del mundo de nuestros cuerpos, su sexualidad y los procesos físicos derivados del género femenino.

Soy testigo y, hasta cierto punto, víctima de cómo los críticos machos han reaccionado a que varias de mis novelas incluyan escenas eróticas. Recuerdo el periodista que me preguntó si yo escribí de sexo para vender, o el otro que calificó de «procaz» mi novela *El intenso calor de la luna*, cuyo tema es la menopausia. Hay varias relaciones de pareja en esa novela. Y yo me pregunto: ¿cómo evadir la sexualidad de los protagonistas, cuando en la vida tiene un peso considerable? Nada más lejos de lo procaz es mi pluma cuando me refiero al sexo. Lo trato siempre como lo pienso, como algo excitante, hermoso y hasta sublime a veces. Estoy segura de que jamás él habría llamado «procaz» las escenas sexuales escritas por un hombre. La crítica masculina ha apreciado mucho más a las escritoras que incursionan en la violencia de mundos sórdidos y asexuados. A mí eso me parece revelador e interesante de la mentalidad masculina que priva aún en la crítica literaria.

Yo quiero a los hombres, a pesar de todo, y en mi poesía he jugado a veces invirtiendo los papeles, usando la mirada con que nos miran ellos. Vinicius de Moraes escribió un poema muy simpático que se llama «Receta de mujer» y que empieza diciendo: «Que las feas me perdonen, pero la belleza es esencial». Yo escribí uno que se llama «Receta de varón»:

No importa si no es hermoso
—la fealdad en el hombre
puede despertar ciertos atávicos instintos femeninos—
pero es esencial que el pecho sea acogedor
y que los brazos ofrezcan la promesa
de abrazos apretados y tiernos.
Vello en el cuerpo o no,
es cuestión de gustos.
Personalmente los prefiero
tapizados,
con espacios de sombras oscuras
suaves al tacto,
y capaces de llenar el olfato
con el olor del día a flor de piel.
La cintura que se defina, por favor;
que no le sobre, ni le falte,
que no acuse el descuido del dueño,
más que en ciertas épocas permisibles
donde unas libritas de más,
son solo testimonio de amables libaciones.
Las manos son definitivas:
deben saber sostener la cabeza de la mujer
con el celo con que el marinero le escatima al viento

la única lámpara de aceite en medio de la tormenta;
ser ágiles como pájaros o cabras de monte,
capaces de la forja del hierro, la lágrima,
y de esculpir los intrincados artesonados del placer.
Las piernas también son importantes
pero les perdonamos las torceduras,
lo tosco, las imperfecciones,
si al encontrarnos con la boca
vemos una sonrisa en la que poder confiar
y unos ojos que nos aseguren la mañana.
La espalda masculina debe ser extensa
como una pradera por donde puedan pasearse los búfalos
y los heliotropos,
y es fundamental que en las caderas
se alcen dos colinas
inequívocas, sólidas,
que se nos queden prendidas a la memoria
cuando el hombre se vuelva para marcharse,
alejándose en la noche.
La voz que resuene con vibraciones de bajo
pero que sepa modular
la tensa y dulce melancolía del acordeón,
lamentando el fin de la luna en la ventana.
El hombre, al fin,
ese mítico animal
que reinventa siglo tras siglo
las quimeras que pueblan las obsesiones femeninas,
habrá de conservar,
—perdida la absoluta hegemonía—
todas aquellas cosas
galantes, fuertes, acogedoras,

que, a pesar de todos los pesares,
lo mantienen sólidamente anclado,
en el profundo, incansable mar,
de las hembras.

Ha sido interesante en mi vida de escritora encontrarme con muchos lectores hombres que tienen la sensibilidad para apreciar un acercamiento «femenino» al erotismo. Y es que el lenguaje de lo erótico ha sido sobre todo masculino, pero tiene por eso un «yo» dominante, aunque sea muy hermoso. Lorca, por ejemplo: «Y que yo me la llevé al río/ creyendo que era mozuela,/ pero tenía marido». Y el verso que dice: «montado en potra de nácar,/ sin bridas y sin estribos». O Neruda cuando dice: «Mi cuerpo de labriego salvaje te socava/ y hace brotar el hijo del fondo de la tierra».

El lenguaje del erotismo femenino pienso que ha ido cambiando, pasando de la entrega al acompañamiento y a un nombrar que, yo encuentro, está lleno de símbolos. Ana Istarú, por ejemplo, poeta costarricense, dice en una parte de su poema «Pene de pana»:

Pene de pana
pene de pana
pene flor del destinado mío
empuñadura del sol
envidia del anturio
aguda palabra
mástil de las estrellas
garza despierta
garza dormida

cigüeña
farol de la promesa fecunda sobre el humus
anguila escarcha
brazo del guerrillero
medusa tenor
de la línea el alma cardinal
columna cálida
ovillo menguante
generosa cintura
sonrisa oscura y clara
de puntillas el amor
vías lácteas dormidas
despiertas vías lácteas.

Me imagino que ya ustedes habrán hecho esas comparaciones en los lenguajes del erotismo masculino y femenino que yo aquí menciono al vuelo, porque lo he ido percibiendo y anotando mentalmente, pero hay mucha tela que cortar todavía en esta materia. Los lenguajes transgresores como el de Elvira Sastre, por ejemplo, donde el hecho de que no sea heterosexual no lo ha hecho menos popular, me parece interesante.

Pero aún siento que el cuerpo se toca con pinzas, que da apuro porque la línea que marca lo erótico de lo pornográfico puede ser muy tenue y filosa. Y también porque todavía existe en nosotras, las mujeres, esa danza entre lo que somos y se nos ha dicho que debemos ser.

Voy a terminar con un poema que escribí, «No me arrepiento de nada», pensando en esa mujer fuerte que llevamos dentro, aunque a veces nos entrampe el amor o la sociedad:

Desde la mujer que soy,
a veces me da por contemplar
aquellas que pude haber sido;
las mujeres primorosas,
hacendosas, buenas esposas,
dechado de virtudes,
que deseara mi madre.
No sé por qué
la vida entera he pasado
rebelándome contra ellas.
Odio sus amenazas en mi cuerpo.
La culpa que sus vidas impecables,
por extraño maleficio,
me inspiran.
Reniego de sus buenos oficios;
de los llantos a escondidas del esposo,
del pudor de su desnudez
bajo la planchada y almidonada ropa interior.
Estas mujeres, sin embargo,
me miran desde el interior de los espejos,
levantan su dedo acusador
y, a veces, cedo a sus miradas de reproche
y quiero ganarme la aceptación universal,
ser la «niña buena», la «mujer decente»,
la Gioconda irreprochable.
Sacarme diez en conducta
con el partido, el Estado, las amistades,
mi familia, mis hijos y todos los demás seres
que abundantes pueblan este mundo nuestro.
En esta contradicción inevitable
entre lo que debió haber sido y lo que es,

he librado numerosas batallas mortales,
batallas a mordiscos de ellas contra mí
—ellas habitando en mí,
queriendo ser yo misma—.
Transgrediendo maternos mandamientos,
desgarro adolorida y a trompicones
a las mujeres internas
que, desde la infancia, me retuercen los ojos
porque no quepo en el molde perfecto de sus sueños,
porque me atrevo a ser esta loca, falible, tierna y vulnerable,
que se enamora como alma en pena
de causas justas, hombres hermosos,
y palabras juguetonas.
Porque, de adulta, me atreví a vivir
la niñez vedada,
e hice el amor sobre escritorios
—en horas de oficina—
y rompí lazos inviolables
y me atreví a gozar
el cuerpo sano y sinuoso
con que los genes de todos mis ancestros
me dotaron.
No culpo a nadie. Más bien les agradezco los dones.
No me arrepiento de nada, como dijo la Edith Piaf.
Pero en los pozos oscuros en que me hundo,
cuando, en las mañanas, no más abrir los ojos,
siento las lágrimas pujando;
veo a esas otras mujeres esperando en el vestíbulo,
blandiendo condenas contra mi felicidad.
Impertérritas niñas buenas me circundan

y danzan sus canciones infantiles contra mí;
contra esta mujer
hecha y derecha,
plena.
Esta mujer de pechos en pecho
y caderas anchas
que, por mi madre y contra ella,
me gusta ser.

[Fragmentos de la conferencia «Erotismo, mujer y literatura», dictada vía Zoom en la Asociación Española de Estudios de Literatura Hispanoamericana, 6 de septiembre de 2021.]

Consejos para la mujer fuerte

Si eres una mujer fuerte
protégete de las alimañas que querrán
almorzar tu corazón.
Ellas usan todos los disfraces de los carnavales de la tierra:
se visten como culpas, como oportunidades, como precios que hay que pagar.
Te hurgan el alma; meten el barreno de sus miradas o sus llantos
hasta lo más profundo del magma de tu esencia
no para alumbrarse con tu fuego
sino para apagar la pasión
la erudición de tus fantasías.

Si eres una mujer fuerte
tienes que saber que el aire que te nutre
acarrea también parásitos, moscardones,
menudos insectos que buscarán alojarse en tu sangre
y nutrirse de cuanto es sólido y grande en ti.

No pierdas la compasión, pero témele a cuanto conduzca
a negarte la palabra, a esconder quién eres,
lo que te obligue a ablandarte
y te prometa un reino terrestre a cambio
de la sonrisa complaciente.

Si eres una mujer fuerte
prepárate para la batalla:
aprende a estar sola
a dormir en la más absoluta oscuridad sin miedo
a que nadie te tire sogas cuando ruja la tormenta
a nadar contra corriente.

Entrénate en los oficios de la reflexión y el intelecto.
Lee, hazte el amor a ti misma, construye tu castillo
rodéalo de fosos profundos
pero hazle anchas puertas y ventanas.

Es menester que cultives enormes amistades
que quienes te rodean y quieran sepan lo que eres
que te hagas un círculo de hogueras y enciendas en el
centro de tu habitación
una estufa siempre ardiente donde se mantenga el
hervor de tus sueños.

Si eres una mujer fuerte
protégete con palabras y árboles
e invoca la memoria de mujeres antiguas.

Has de saber que eres un campo magnético
hacia el que viajarán aullando los clavos herrumbrados

y el óxido mortal de todos los naufragios.
Ampara, pero ampárate primero.
Guarda las distancias.
Constrúyete. Cuídate.
Atesora tu poder.
Defiéndelo.
Hazlo por ti.
Te lo pido en nombre de todas nosotras.

Índice